有人叫我瘦7公斤！

前言

「請在五個月內甩掉7公斤肉肉。」

大概在七個月前，這本書的編輯跑來這樣對我說。長久以來就不停地嘗試瘦身的我，從沒想過「減肥」這件事竟也能變成我的工作之一，衝擊之大至今依然記憶猶新。

我這個人對於美食是來者不拒，卻偏偏沒什麼毅力，做事常半途而廢，因此減肥次數不勝枚舉，成功案例卻從來沒發生過。

這樣的我之所以敢接下「在五個月內甩掉7公斤肉

肉」這個看似不可能的任務，是因為我深信這世上絕對有和我一樣的女生，減肥期間得不斷地抗拒甜食的誘惑、區區1公斤的波動就能左右自己的喜怒哀樂。

閱讀本書的你如果也有「我也是耶」、「沒錯就是這樣」的共鳴，那就是我最開心的事了。

在本書中，我會盡所能地介紹各種瘦身妙方與訣竅，提供給大家參考。

很抱歉無法透露本人的實際體重，人家會不好意思啦！這一點還請各位多多包涵哩。

接下來，就請大家盡情觀賞我這五個月來有歡笑也有淚水（？）的瘦身甘苦談吧！

瘦身第1個月

瘦身第2個月

瘦身第3個月

瘦身第4個月

瘦身第5個月

主要的登場人物

鳥居 志帆（老姊）

插畫家

五個月內必須瘦身7公斤的挑戰者。暫離雙親的庇護，目前與老妹共居中。最喜歡甜食與辣味食物。稱呼自己的妹妹「老妹」。

妹妹（老妹）

比作者小3歲的妹妹

在作者背後默默支持著本次瘦身計畫，個性開朗。喜愛運動，與作者一同上健身房。未來希望能當個好保母。稱呼自己的姊姊「老姊」。

松永小姐

本書的責任編輯

拜無數次瘦身經驗之所賜，擁有豐富的瘦身常識。老愛在作者面前大啖甜食，大口吃肉，令人咬牙切齒的傢伙。

瘦身的目標

體重

−7.0 kg

體脂肪率

−5.0 %

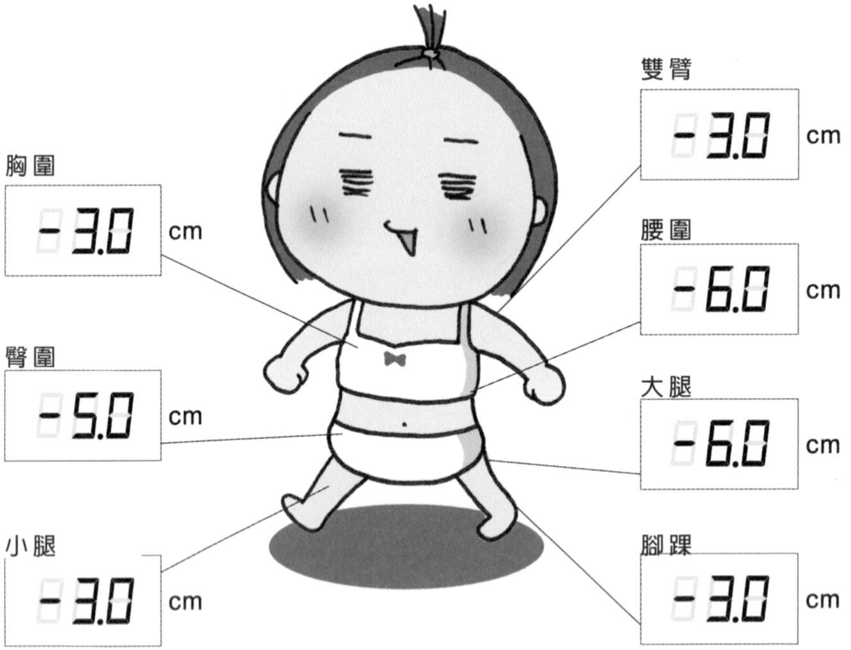

目標體重是松永小姐自己決定的。其他的目標數值，則是在考慮「這個數字應該有辦法達成吧」的情況下訂出來的合適數值。總之，希望在對胸部影響最小的情況下瘦出小蠻腰！

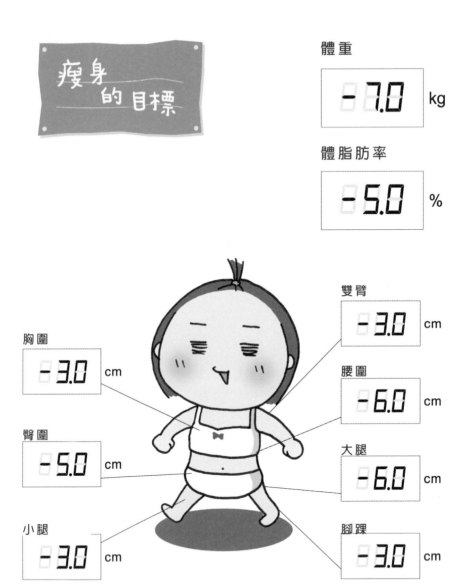

瘦身第 1 個月

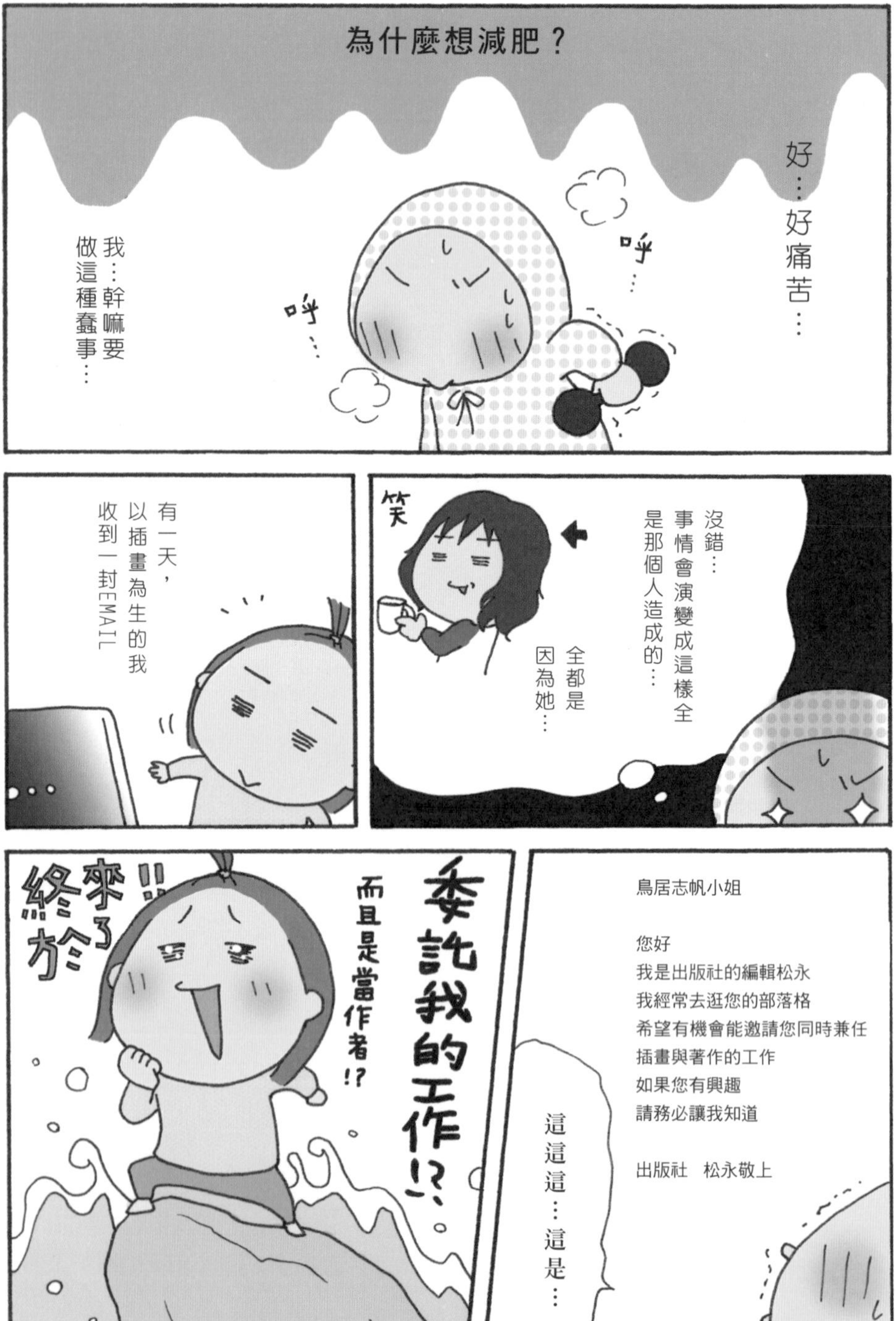
為什麼想減肥？
好…好痛苦…
呼…
呼…
我…幹嘛要做這種蠢事…
沒錯…事情會演變成這樣全是那個人造成的…
全都是因為她…
笑
有一天，以插畫為生的我收到一封EMAIL
鳥居志帆小姐
您好
我是出版社的編輯松永
我經常去逛您的部落格
希望有機會能邀請您同時兼任
插畫與著作的工作
如果您有興趣
請務必讓我知道
出版社　松永敬上
這這這…這是…
委託我的工作!?
而且是當作者!?
終於來了!!

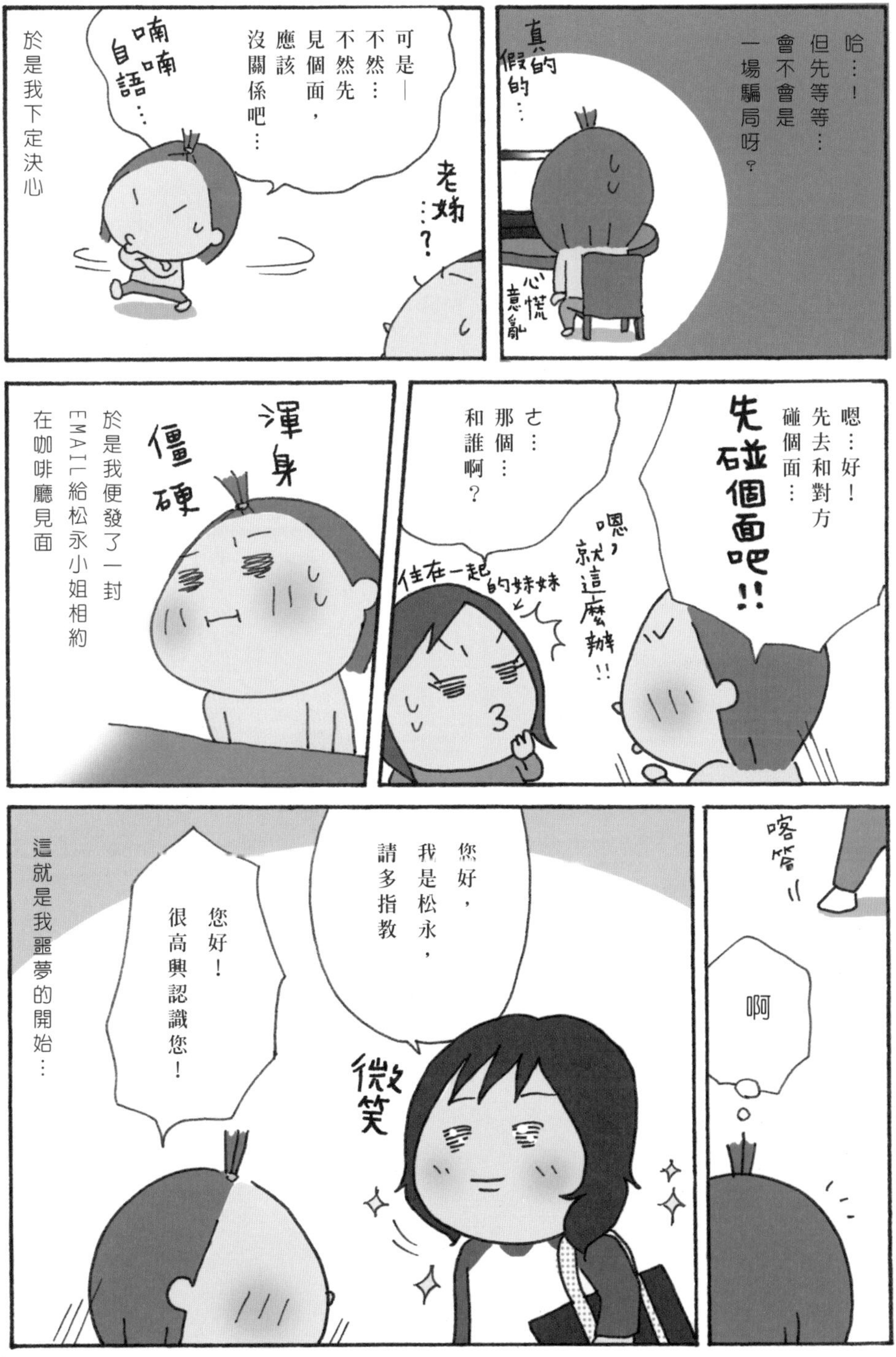
哈…！
但先等等…
會不會是
一場騙局呀？
真的假的…
心慌意亂
老姊…？
可是—
不然…
不然先
見個面，
應該
沒關係吧…
喃喃自語…
於是我下定決心
嗯…好！
先去和對方
碰個面…
先碰個面吧!!
嗯，就這麼辦!!
ㄜ…
那個…
和誰啊？
住在一起的妹妹
渾身僵硬
於是我便發了一封
EMAIL給松永小姐相約
在咖啡廳見面
喀答
啊
您好，
我是松永，
請多指教
微笑
您好！
很高興認識您！
這就是我噩夢的開始…

我常去看你的部落格喔—
畫得很好唷！
謝謝你—
太好了，看來是個好人…
呼
客套話我就不多說了…鳥居小姐，你有沒有興趣出版繪本？
啊，有啊，我還想說哪一天來試試看呢
羞
客套話我就不多說了
那我就直接進入主題囉 其實我打算請鳥居小姐寫一本與您的生活相關的繪本唷
是喔？我可以嗎？
那我要畫些啥咧…
躊躇猶豫
鳥居小姐，你絕對可以的啦
是嗎…但我的生活非常平淡無奇耶…
全是些無聊的小事…
鳥居小姐！
你的身邊絕對找得到題材！
讓我們一起攜手把它們統統挖掘出來吧！
啊…是！
契約成立～

當晚
鈴鈴鈴…
要不要試著畫一些關於男朋友的事情？
好，我立刻著手試試看
老姊加油！
畫
畫
畫
畫
緊張
緊張
緊張
緊張
請指教…
請…
原稿
嗯…我希望能再多加一點衝擊性—
是畫得不錯啦…
這樣嗎…
那…那我重新修改之後再來！
這樣嗎？那就麻煩你囉—

畫
畫
畫
畫
啊
啊啊
啊啊
啊
老姊
再次提出
嗯—是有好一點點啦…
你再等等！
但好像還是少了些什麼…
之後
您看這個如何！
嗯—還是換個主題？
乀!?
這樣比較乾脆!!
畫些小時候發生的趣事…
嗯—
哈…
啊…
還是以血型爲主題…！
呼…
呼…
我說鳥居小姐
我的原稿…
想不想試試看瘦身啊？

試試看瘦身!?
的確⋯自從接下這份工作後，沒多少就開始發福了⋯⋯可是這能當作書的主題嗎!?
當然啦，瘦身的所有花費全部由我們負責
包括課程費用、健身房費用、瘦身器材等等
課程和健身房費用也都包了？
定出目標體重後，就可以開始進行各種瘦身魔鬼訓練囉⋯呵呵呵⋯
完全沒把這段話聽進耳裡
免費上課耶，太吸引人了⋯
這個嘛⋯可以再讓我考慮一下嗎？
沒問題
我反覆思考了許久，但結果誠如各位所知，五個月內⋯我得瘦下7公斤！
啊哈哈哈哈
嗚⋯⋯
快給我瘦下去～

總之，就是要上健身房。
許多藝人被問及如何保持好身材時
我每星期上兩次健身房
讓身體流流汗
我們總是能聽見這樣的回答
平常懶散習慣的我
哦，上健身房是吧
抓
抓
這五個月內，每個禮拜最少要上兩天健身房
…喔
這次終於上健身房。
被迫
不是很有興趣的我硬拖著老妹下水
…
哇—!!
你可別偷懶唷老姊！
熱愛運動
這樣的話，我多多少少能持續下去…吧…

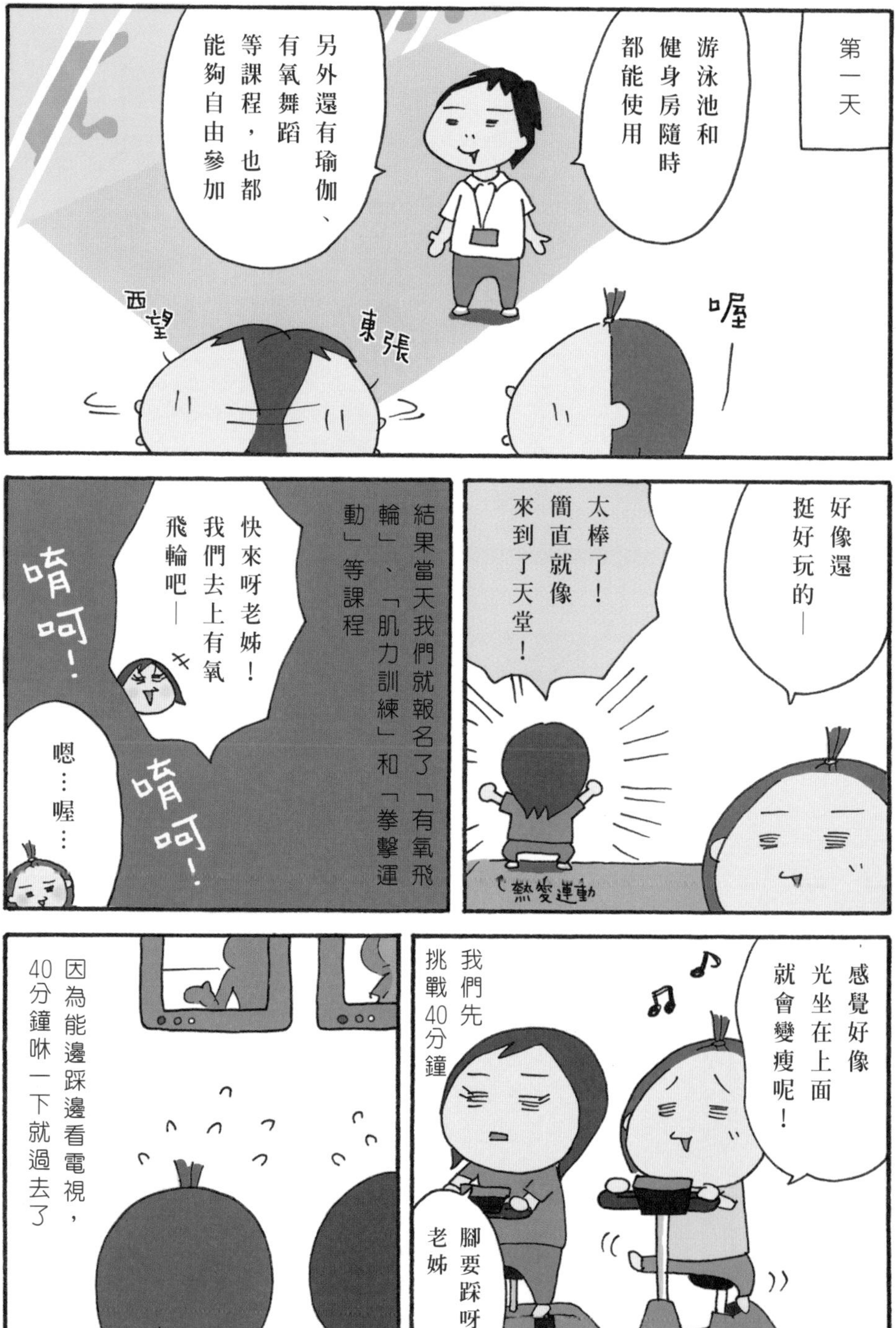
第一天
游泳池和健身房隨時都能使用
另外還有瑜伽、有氧舞蹈等課程，也都能夠自由參加
喔—
東張
西望
好像還挺好玩的—
太棒了！簡直就像來到了天堂！
熱愛運動
結果當天我們就報名了「有氧飛輪」、「肌力訓練」和「拳擊運動」等課程
快來呀老姊！我們去上有氧飛輪吧—
唷呵！
唷呵！
嗯…喔…
感覺好像光坐在上面就會變瘦呢！
我們先挑戰40分鐘
腳要踩呀老姊
因為能邊踩邊看電視，40分鐘咻一下就過去了

嗶嗶—
啊、結束了
好像還挺輕鬆的耶
真的耶，不怎麼難嘛
正當我暗自竊喜時…
奇怪？怎麼會腿軟…
ㄟ？唉唷唷唷…
軟癱
搖晃搖晃
怎麼會這樣啊？
效果好像超乎我們想像…
拖著發軟的雙腿，繼續挑戰肌力訓練
好重…
呵嗯…
喘…喘…喘…喘

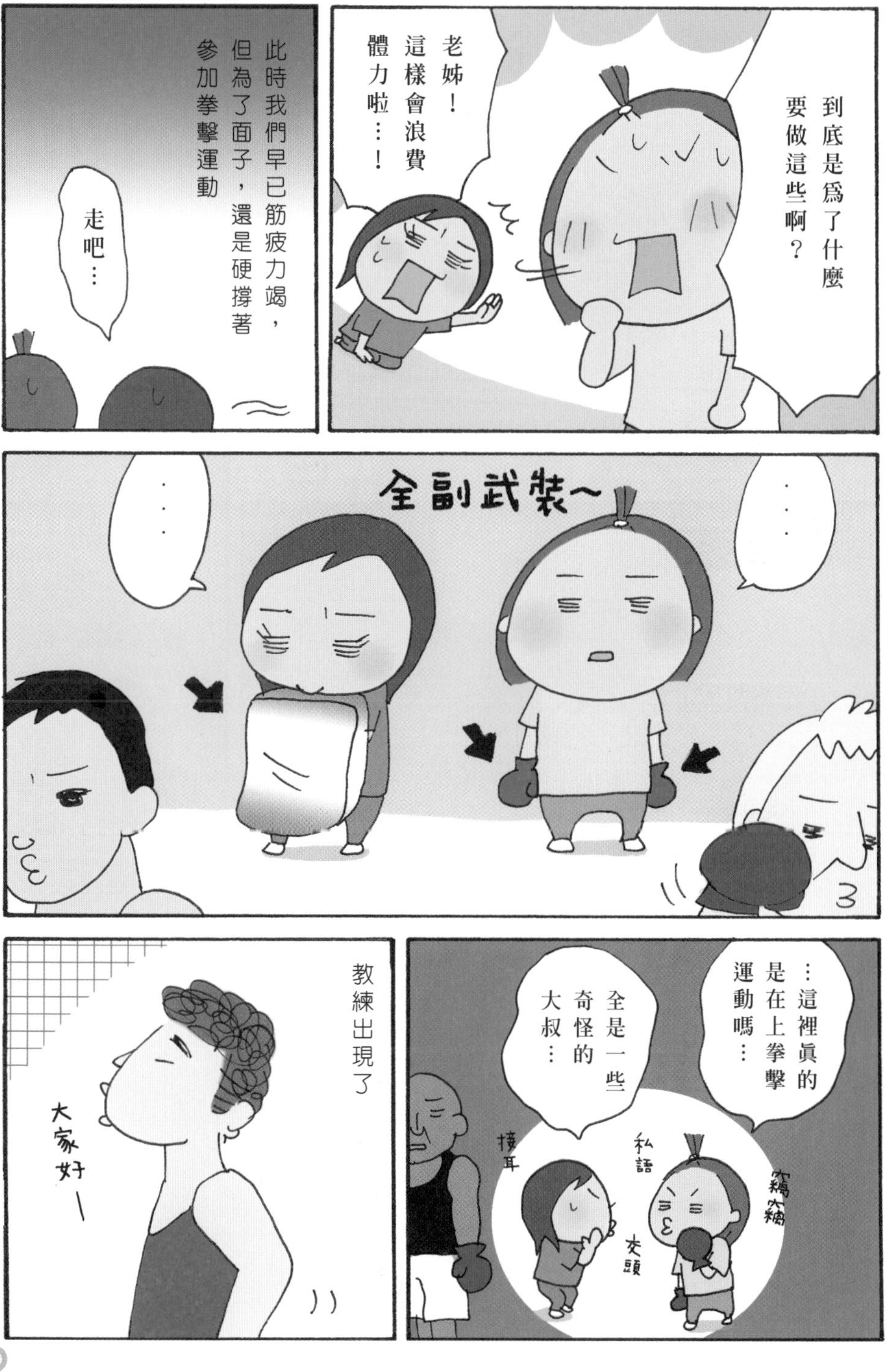
到底是爲了什麼要做這些啊？
老姊！這樣會浪費體力啦…！
此時我們早已筋疲力竭，但為了面子，還是硬撐著參加拳擊運動
走吧…
全副武裝～
…
…
…這裡真的是在上拳擊運動嗎…
全是一些奇怪的大叔…
竊竊
私語
交頭
接耳
教練出現了
大家好ー

首先我們來練習出拳
就是你，過來一下
我要出拳囉，你就像這樣紮馬步站穩⋯
出⋯出拳⋯？
好，來囉—
喝
哇
老、老⋯老妹呀！
這傢伙⋯
我絕不能原諒他!!
呼
下一個換你—去拿個墊子
!?
是在叫我去嗎!?

相同姿勢
哇—
咚!!
啪
接下來的一小時，我們不停的練習出拳、踢腿，以及扮演沙包
這招是痛毆男友的方法
喘…
一切終於結束了
太不甘心了，自己的體力竟然這麼差…
嗯，我也有同感，老姊……
喘
喘
等我養精蓄銳之後，明天再來！
對！絕對要再來！
但隔天早上全身筋骨痠痛…
起…起不來！
起…起不來
怎麼會這樣啊！
哇—
老妹，你還好吧！
結果當天我們就這樣整日癱在家裡……

薑汁紅茶

我這個人有認馬桶的習慣。
哪一件比較好看？
老妹，我想上廁所，我們回家吧
什麼!? 我們才剛到而已耶!?
念幼稚園時，我就開始有這種只肯上家裡廁所的習慣
我討厭幼稚園的廁所！我不去上學了！
生氣生氣!!
〈志帆.3歲〉
好啦該去上學囉—
我不要我不要—
哇—嗚
媽咪—
老師
終於能鬆口氣了…
累得半死的老媽

到了幼稚園，
一下子就和大家熱絡地玩了起來，
但仍然不肯上廁所
結果就尿褲子了
早就習慣
啊
嗯
快去叫老師來
唉呀，志帆
這種狀況經常發生
當時眞是麻煩大家了—
道歉
即使上了國中、高中，還是討厭上廁所…
志帆，一起去洗手間吧
不用了，我不想去!!
我忍得住!!
女孩子們總習慣一群人一起去洗手間…
就是這麼一回事囉
吸

到現在，我一天還是只上三次洗手間唷
這能說是拜長年來的訓練所賜嗎？
松永小姐你呢？
這個—
嗯—
嗯—
我一天大概上8次吧
這麼多次啊？好可憐喔—
哼
冒火…
我說鳥居小姐…
像你這樣不常上廁所，新陳代謝會越來越糟糕！
有沒有在聽啊
新陳代謝？
那是什麼東西啊—
啊呵呵—
冒火…
會讓你瘦不下來唷…？
驚

你…你是怎麼了？
松永小姐…
就是因爲你不愛上廁所，造成新陳代謝不良，才會這麼不容易瘦下來！
怒一
不容易瘦下來…？
……ㄟ？
不會吧…
肥肉增一長
※新陳代謝不良，體內就容易堆積老廢物質、水分與脂肪！
那麼我到底該怎麼辦…
松永小姐救救我…
掉淚…
咳咳
這就得靠薑汁紅茶了
你知道就好
做法超簡單!!
只要把薑磨成泥，和黑糖一起倒進熱騰騰的紅茶內攪勻就ok啦！
嗯
嗯
這一點最棒!!
份量適中就行！
做法很簡單，但是真的有效嗎？
笑…

喝第一口的時候，整個喉嚨瞬間就像著火了一般
喔
呼
有點辣
等整杯喝完，全身也開始
大汗淋漓
哇唷!?
好熱
好熱
連平常冰冷的手腳也都變得暖呼呼了
暖
暖
暖
暖
好像剛泡過澡唷♡
最令我吃驚的是上廁所的次數
<5分後>
快點去上廁所
<10分後>
廁所…
又來一次
<30分後>
急遽的
腿軟…
ㄟ…?又來了!?
…
看來，薑汁紅茶似乎有幫助體溫上升，排出體內多餘水分的作用
有很多畏寒的人從此不再怕冷囉
眞是不能小看薑汁紅茶的威力呀…
真厲害
松永小姐也深知其威力…
只是我依然不習慣在外面上廁所…
喀答
轟隆
早知道就不要先喝了再出門—

為什麼是7公斤？

「減7公斤」這個數字
就因為這樣一句話決定了。

重整瘦身法
這個月排定的計畫是「重整瘦身法」
看起來好辛苦…
真的…
但兩個禮拜來我卻啥也沒做
重整瘦身準備期就花了一個禮拜的時間
鈴鈴鈴
好像不繼續減肥也沒關係嘛—
啊，有電話
喂—
鳥居小姐嗎？我是松永
松…松永小姐？
噗—
很不衛生耶你
你開始進行重整瘦身法了吧？
這個…我…
難道你完全還沒開始…這個月已經過兩個禮拜了耶！
對…對不起…我馬上就開始進行…
於是我趕緊發憤圖強（被逼著）
重整瘦身法開始!!
努力用功
DIET
喝啊啊啊

這種瘦身法有飲食限制，外食的話很不方便，所以我請男友能多體諒
因為這個緣故，我們沒辦法一起去餐廳吃飯了
不好意思唷
好可惜—
嗯嗯
的確很可惜啦…
志帆加油喔!!
你一定可以瘦下來的!!
喂喂，也不必這樣雙眼發亮吧
嗯…從我們交往以來，我也胖了5公斤…他會這麼說也是有道理…一切都是我自己造成的…
碎碎念
碎碎念
碎碎念
放手去做吧!!
衝啊!!
拚了—
我已經有所覺悟了
重整瘦身法第1天
以往從早餐開始就大吃大喝的我現在只能吃半顆葡萄柚…
好少喔
這種生活要過一個禮拜唷…
太少了太少了我受不了了啦—
老姊，你冷靜一點啊!
討厭不玩了啦
感覺午餐時間是那麼的遙不可及…
對—呀對—呀

於是
12點鐘一到，我立即拔腿而去！
快去飯廳!!
開…開動囉
滿滿一桌～
老姊…這真的是一人份嗎？
當然啦，我可是完全按照書上寫的去做唷—
※可以隨自己高興吃肉與蔬菜
晚上同樣能盡情的吃肉類和蔬菜
這樣的話，實行一個禮拜應該沒問題吧
呵呵
第1天就這樣平安度過
重整瘦身法第3天
早餐…
…
切
切
切
呼
開動囉…
呼…
…
啪!!
啊、真危險！
我早餐只能吃葡萄柚耶！
好險—!!
這些是什麼東西？是真正的早餐耶！
真是不能相信自己啊!!

重整瘦身法
第5天
不知何故我的肚子開始不會覺得餓，食量也大幅減少，可是…
搖搖
!?
晃晃
老姊，你沒事吧！
卻開始會頭昏眼花…
咻~
好像風一吹整個人就會飄走似的…
約會時也心不在焉
是呀—
要不要去拍大頭貼？
開心
好久沒約會囉
好啊—
喀嚓
喀嚓
…已經到達臨界點了
我完全不想出門，只想賴在家裡躺著
志帆，你要撐下去啊…
成功近在眼前了！
有氣無力，連呼吸都覺得累…
虛脫…
此外還有便祕的問題
哎唷？這是什麼？
那隻愛吃蜂蜜的黃色小熊嗎？
小腹也太凸了吧
肚子脹得好難過…

最大的問題是
少了0.1公斤…？
咦？
嗶
〈第2天〉
〈第4天〉
少了0.2公斤…？
嗶
嗶嗶
少了0公斤…？
〈第6天〉
不是應該每天少1公斤嗎
搞什麼啊——!!
火大
體重沒減少…
恢復精神了耶
第7天重整瘦身法結束
來量體重吧
唷 在這裡
瞬間老了好多…
量體重時間
緊張
心跳☆
嗶
結果，一個禮拜瘦了0.8公斤
微…微妙…。

消除便秘的穴道按摩

看電視或泡澡時順便按摩一下吧！

合谷

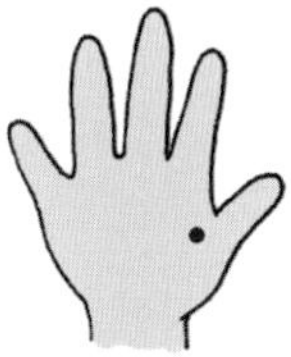

對付頭痛、肩膀痠痛、皮膚粗糙、
牙痛也很有效

神門

亦有助於緩解失眠、躁鬱症狀

二間

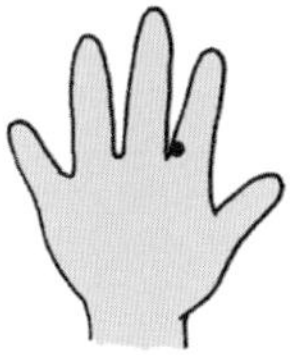

位於食指與中指交界處的穴道

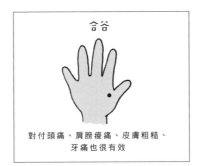

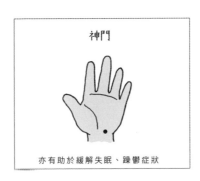

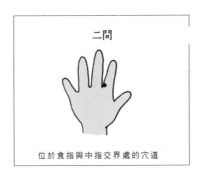

如何進行重整瘦身法

這是由篠塚蘭美所提倡的一星期限定瘦身法。
對我來說效果似乎不大，
但我身邊還是有不少人因此在一星期內瘦了3～4公斤唷！

一周間的食譜

早餐

・半顆葡萄柚
・水、紅茶、咖啡等無卡路里的飲料
（份量無限制）

晚餐

・紅肉或魚肉隨喜
（蝦子或花枝類每周最多兩次）
・蔬菜隨喜

午餐

【菜單→一周內5天】
・紅肉或魚肉隨喜
（蝦子或花枝亦可）
・蔬菜隨喜

【菜單2→一周內1天】
・水煮蛋2個
・蔬菜隨喜

【菜單3→一周內1天】
・原味優格加上切成1公分
小丁的水果（份量無限制）
※可以放入各種水果

可使用的調味料

鹽、胡椒、醬油、藥草、柚子醋、芥末、辣椒、薑、大蒜、無油淋醬……等

NG食材與調味料

米飯、麵包、麵類、零食、奶油或橄欖油之類的油脂、鰻魚或鮪魚之類含有大量油脂的魚類、雞皮、豆類（納豆或豆腐也不行）、酪梨、牛奶、酒、番茄醬、沙拉醬、美乃滋、味醂、咖哩粉、芝麻醬、含有油脂的醬料……等

重整瘦身法的重點提示

料理食物時不可使用油脂。料理時出現的油份、水份絕不能吃下肚

肉類推薦瘦肉較多的裡脊、雞胸肉。魚類則推薦鱈魚、比目魚等白肉魚

晚上九點以後盡量不要吃東西

每次的進食避免同時吃紅肉和魚類

不可以事後再追加，一開始就要決定好份量

只要能確定成分，即使是外食或去便利商店買也行。但不能吃市售的加工食品

只要是無卡路里的飲料，飲用的份量並沒有特別的限制

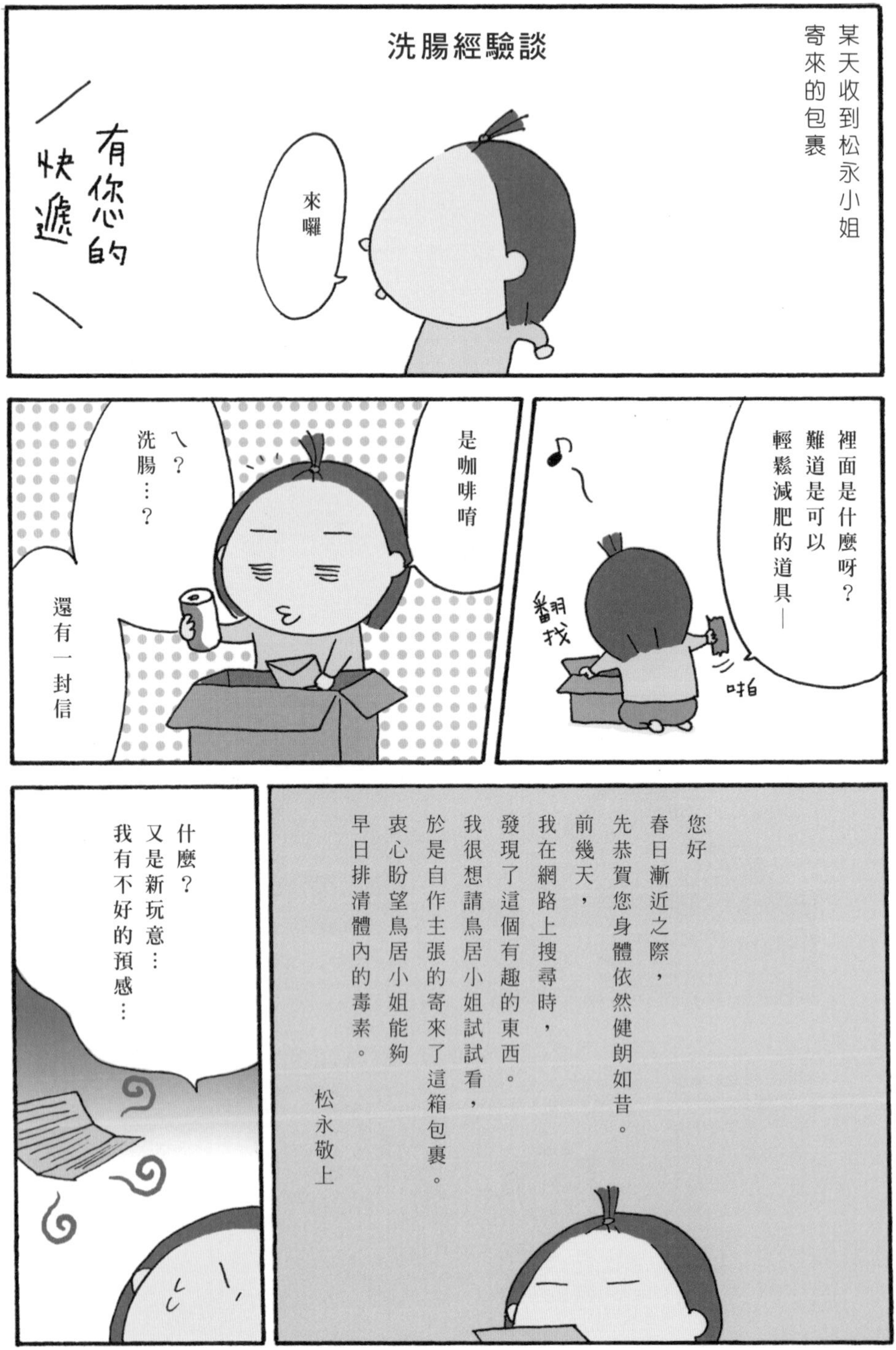
某天收到松永小姐寄來的包裹
洗腸經驗談
來囉
有您的快遞
裡面是什麼呀？難道是可以輕鬆減肥的道具——
翻找
啪
是咖啡唷
ㄟ？洗腸…？
還有一封信
您好
春日漸近之際，
先恭賀您身體依然健朗如昔。
前幾天，
我在網路上搜尋時，
發現了這個有趣的東西。
我很想請鳥居小姐試試看，
於是自作主張的寄來了這箱包裹。
衷心盼望鳥居小姐能夠
早日排清體內的毒素。
松永敬上
什麼？
又是新玩意…
我有不好的預感…

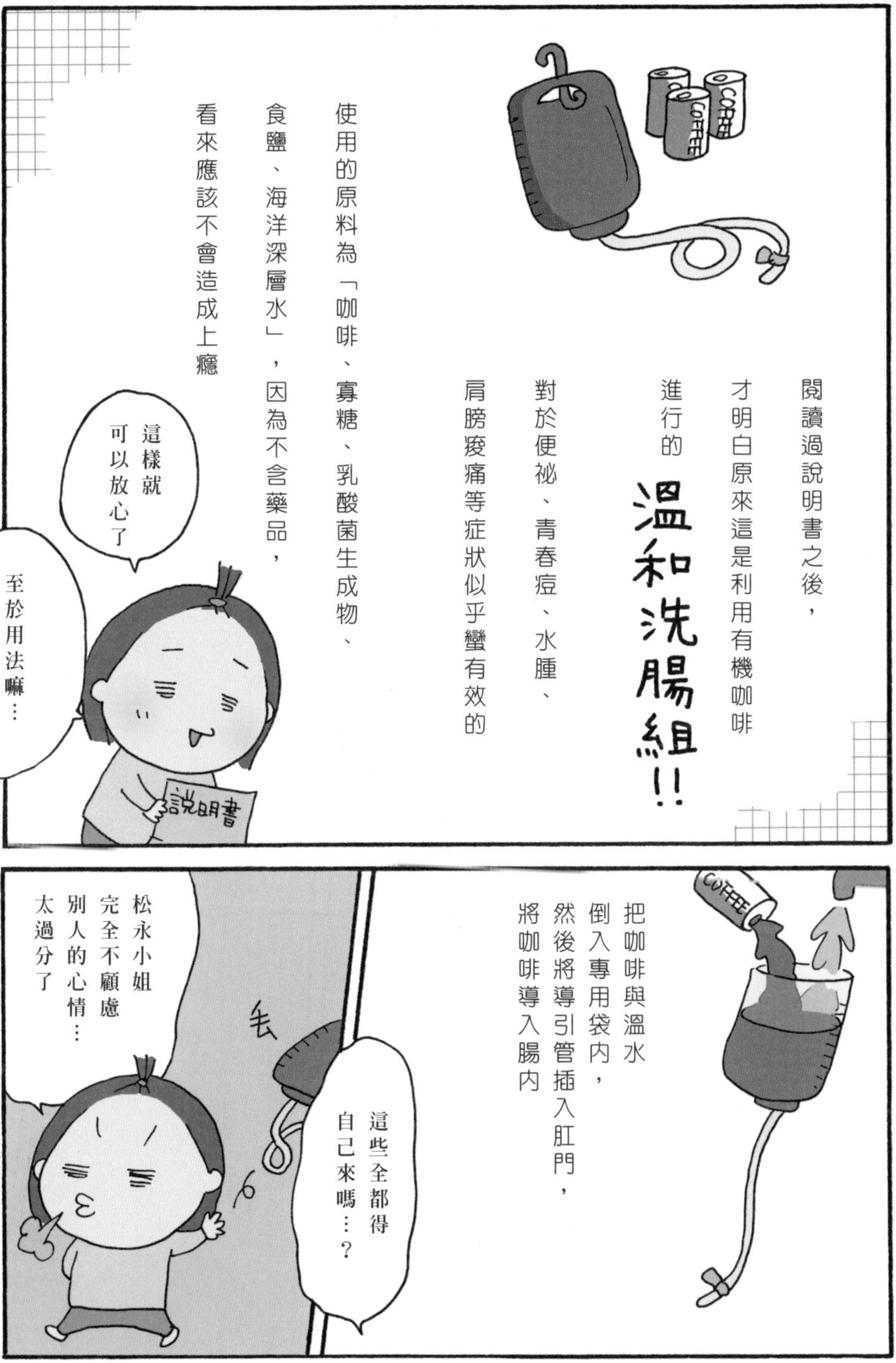
COFFEE
COFFEE
COFFEE
閱讀過說明書之後，
才明白原來這是利用有機咖啡
進行的
溫和洗腸組!!
對於便祕、青春痘、水腫、
肩膀痠痛等症狀似乎蠻有效的
使用的原料為「咖啡、寡糖、乳酸菌生成物、
食鹽、海洋深層水」，因為不含藥品，
看來應該不會造成上癮
這樣就可以放心了
至於用法嘛……
說明書
COFFEE
把咖啡與溫水倒入專用袋內，
然後將導引管插入肛門，
將咖啡導入腸內
這些全都得自己來嗎……？
松永小姐完全不顧慮別人的心情……太過分了

幾天之後
肚子脹得好難過唷—
因為實行重整瘦身法的關係，我患了嚴重的便祕
可惡…難不成眞的非用到那東西不可了…嗎…
洗腸
爲什麼…要搞到這種地步啊…
嗚嗚…
咕嚕咕嚕
將咖啡與溫水倒入專用袋內，然後掛在高處
嗚…
準備好之後就可以開始洗腸了！
溫熱的咖啡緩緩的流進肚子內…
好噁心的感覺喔…
咖啡全都進到肚子裡之後我更驚慌了
媽呀—
我的肚子！怎麼跟狸貓一樣啊！
你好
圓滾
才忍耐一下下我就跑去上廁所了

咦？
只有咖啡出來而已…
搞什麼呀…
後天我再嘗試一次，出來的還是只有咖啡
看習慣後覺得這肚皮也滿可愛的
可是這樣下去
這樣的話怎麼可能瘦得下去!!
我在說什麼啊!!
砰—
我的便祕問題一直無法解決…倒是跟我一起住的老妹喝了飲用咖啡之後，
WC
出來囉—
好羨慕喔…
便祕問題一下子就解決了

鍺溫浴
我老早以前
就很想試試看鍺溫浴
今天終於能夠如願以償！
聽說全身的汗水會像瀑布般
不停地流下來…真的假的？
啪—…
像這樣嗎？
平常不太流汗的我
很難想像汗如雨下的滋味，
超期待的
邊走邊逛
也才花了10分鐘
就到達了！
您好…
緊張
心跳…
您好—
您是
鳥居小姐吧？
讓您久等了
鍺溫浴室
就在那邊的房間
哇—
哇…

小鍺(暱稱)登場!!
現身
就是這傢伙嗎…
這傢伙將引導我踏上美女之路…
太棒了…
脫胎換骨的我
等一下會大量流汗，所以請您先換上這件褲子—
咦？褲子…？
翻找
笑
這件
紙內褲
這…這樣嗎…
突然出現的紙內褲讓我稍稍遲疑了一下
請慢用
謝謝…謝謝
正換上紙內褲
因為是個人室，可以在不受打擾的情況下完全放鬆換好褲子之後，馬上就來進行
鍺溫浴。

※對溫度的感受度隨個人體況稍有不同。

先把手腳伸進去…令人意外地還滿熱的
好燙
就這樣泡了25分鐘
「小豬」裡流動的是溶入有機豬的溫水，將手腳浸泡於其中，
來吧，我們一起出去吧—
=3
可以將豬吸入體內，再藉由排汗方式把老廢物質與毒素排出體外
經過5分鐘
我被蒸氣薰得快要喘不過氣，卻依然沒流下半滴汗
經過10分鐘
好熱喔
但卻還不到連內褲都濕透的程度
紙內褲怎麼辦!!
這下不是浪費了!?
經過15分鐘
終於流下了一滴汗
緊接著，身體突然開始冒大汗，連平常不流汗的雙臂、膝蓋後側也都大汗淋漓
汗水沒完沒了似的拚命流出來
滴答滴答
流個不停…這汗怎麼流個不停啊…!

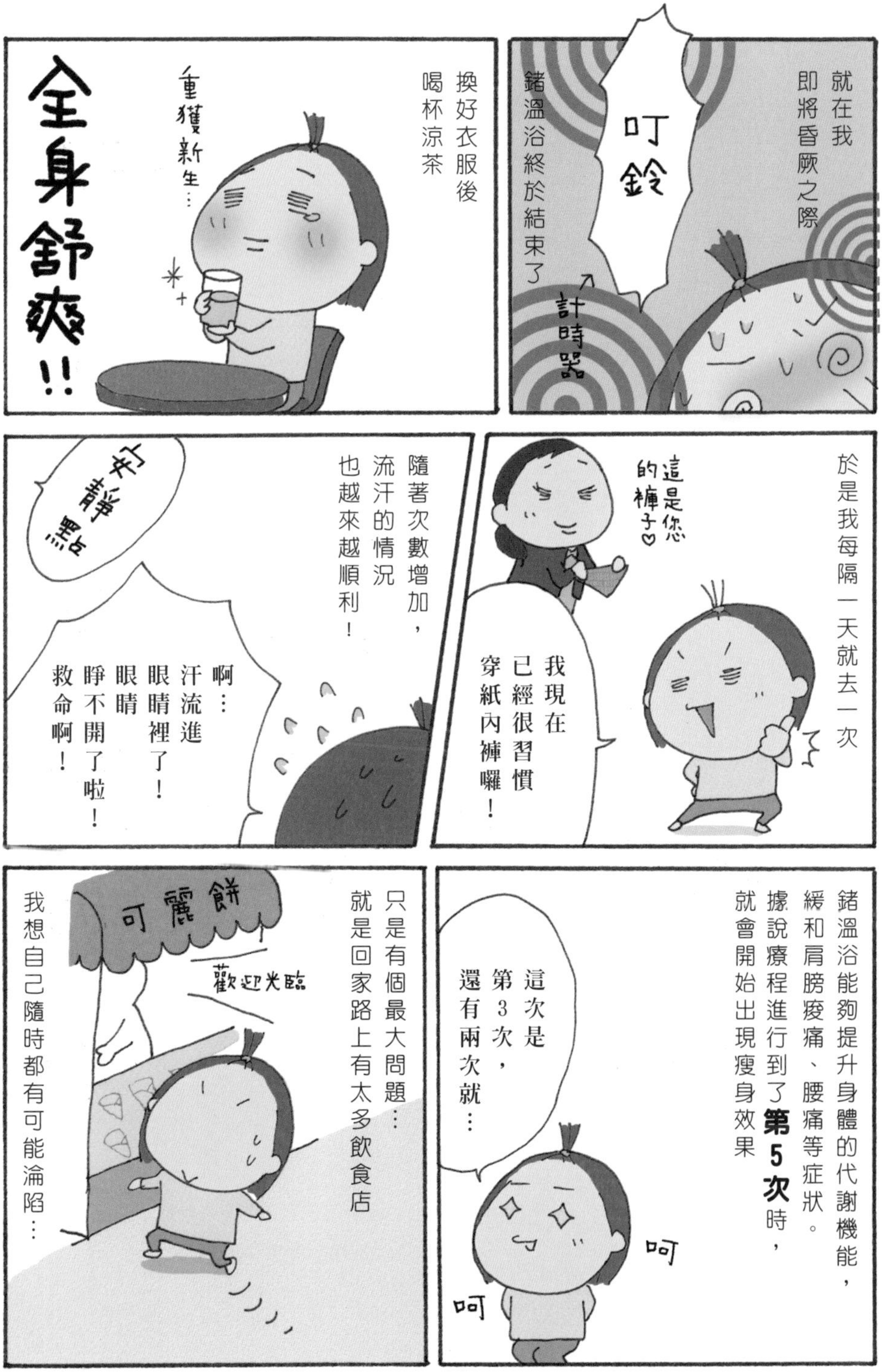
就在我
即將昏厥之際
叮鈴
鍺溫浴終於結束了
計時器
換好衣服後
喝杯涼茶
重獲新生…
全身舒爽!!
於是我每隔一天就去一次
這是您的褲子♡
我現在已經很習慣穿紙內褲囉！
隨著次數增加，
流汗的情況
也越來越順利！
啊…汗流進眼睛裡了！眼睛睜不開了啦！救命啊！
安靜點
鍺溫浴能夠提升身體的代謝機能，緩和肩膀痠痛、腰痛等症狀。據說療程進行到了**第5次**時，就會開始出現瘦身效果
這次是第3次，還有兩次就…
呵
呵
只是有個最大問題…就是回家路上有太多飲食店
可麗餅
歡迎光臨
我想自己隨時都有可能淪陷…

第1個月的結果

體重

-2.0 kg

體脂肪率

-1.4 %

胸圍

-1.1 cm

臀圍

-0.1 cm

小腿

-0.3 cm

雙臂

-0.2 cm

腰圍

-0.7 cm

大腿

-0.6 cm

腳踝

-0.1 cm

一整個月下來，一切似乎都進行得很順利！照這樣一個月瘦2公斤的速度，五個月應該可以瘦下10公斤，只是我很懷疑一切是否都能如此順利……。倒是胸圍瘦得比腰圍還多的結果，讓我挺傷心的。

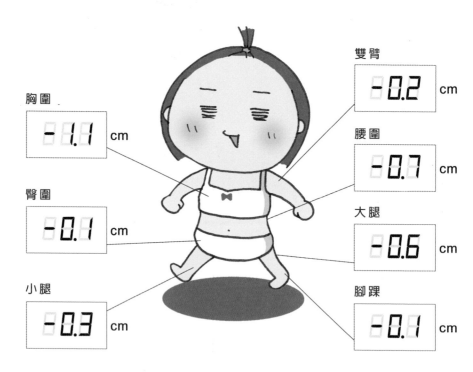

瘦身第2個月

這個月的重點放在BOOCS瘦身食療法
BOOCS瘦身食療法
哇哈哈哈哈!!
這可是我期待已久的唷!
這個瘦身法的規則就是
1日1美食!!
喔呵呵呵
一天一次而且晚餐還可以
盡情地吃
任何喜歡的食物!
好像在作夢唷…
如果真的能因此瘦下來，那這個瘦身法就實在太完美了…
但，眞的可以嗎
的確…尤其老姊特別會吃…
忐忑不安的我趕緊打電話給松永小姐…
松永小姐…我…有點擔心耶！這樣眞的能瘦嗎？會不會反而變得更胖啊？
緊張
不安

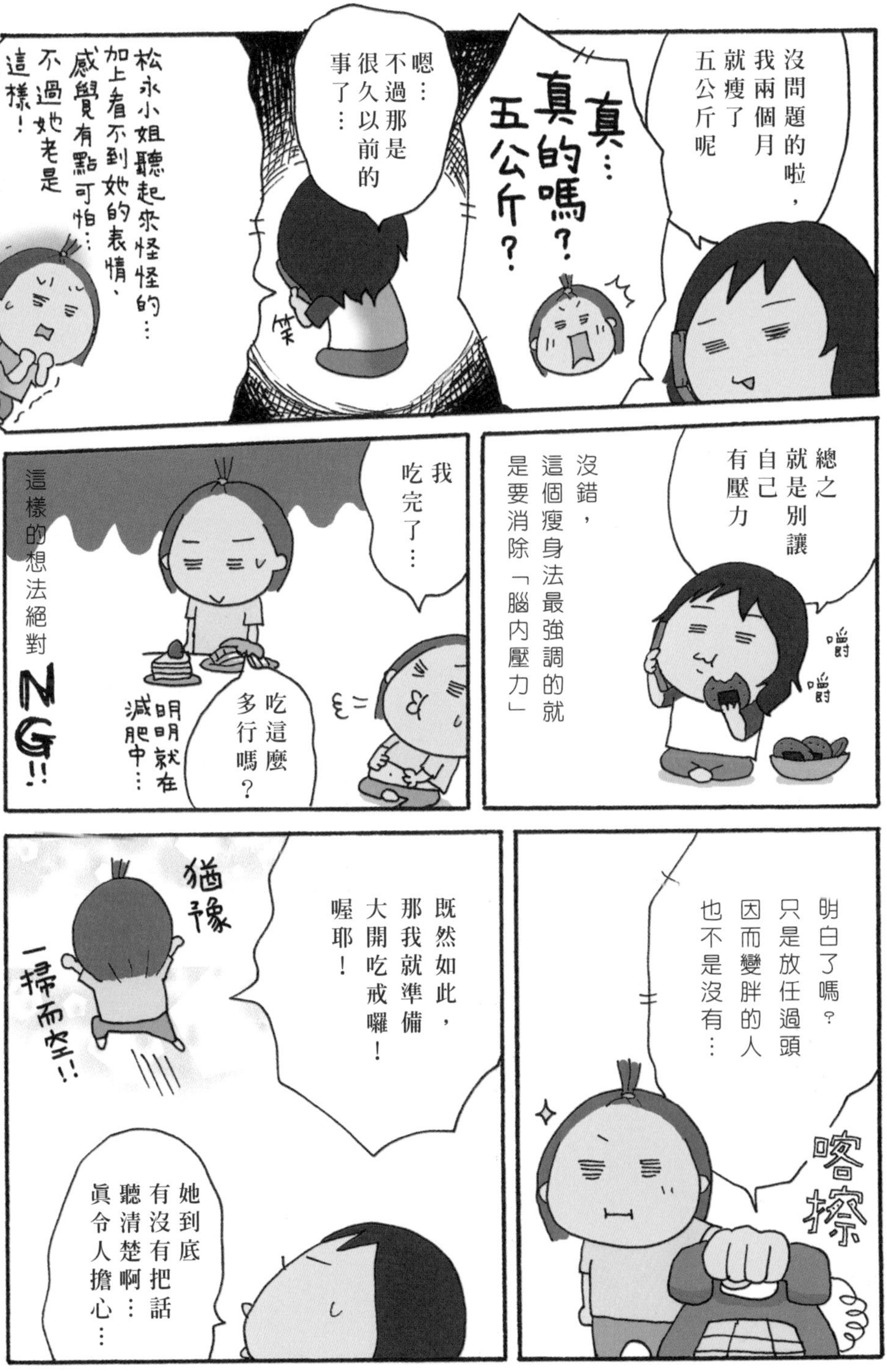
沒問題的啦，我兩個月就瘦了五公斤呢
真…真的嗎？五公斤？
嗯…不過那是很久以前的事了…
笑
松永小姐聽起來怪怪的…加上看不到她的表情、感覺有點可怕…不過她老是這樣！
總之就是別讓自己有壓力
嚼
嚼
沒錯，這個瘦身法最強調的就是要消除「腦內壓力」
我吃完了…
吃這麼多行嗎？
明明就在減肥中…
這樣的想法絕對NG!!
明白了嗎？只是放任過頭因而變胖的人也不是沒有…
喀擦
既然如此，那我就準備大開吃戒囉！喔耶！
猶豫
一掃而空!!
她到底有沒有把話聽清楚啊…眞令人擔心…

兩個星期之後
已經很習慣早上只能喝水，甚至連各種水味道上的微妙差異都能分辨得一清二楚！
富X克！
答對!!
午餐的份量雖然稍嫌不足，但因為晚餐可以隨意吃喝，所以還忍受得住
…
晚餐大吃大喝的結果，體重卻沒有增加，實在太開心了
不過體重也沒減多少…
於是！我早上改喝薑汁薄荷茶
味道超清爽！冰冰的喝也不錯唷
只要在薄荷茶內加入磨好的薑泥、寡糖、檸檬汁，拌勻後就可以喝囉
這個茶也能運用於BOOCS瘦身食療法，所以我一次做了一大壺放在冰箱裡
嘿咻 嘿咻
不僅是早餐，平常口渴時我也會拿出來喝
除此之外，這個茶還有另一個妙用就是…
消除便秘!!
after
before
我也要喝!!

體重也開始一點一點下降了！
從來不曾這麼輕盈過呢～
輕飄飄
輕飄飄
那我更要喝了!!
咕嚕咕嚕
…一失去警戒性晚上吃得更多
我要開——動囉!!
吃這麼多啊？
緊張
擔心
體重直線上升…
吃太多真的不行呢…
糟糕…
嗶
至於也開始喝薑汁薄荷茶的老妹
真清爽好好喝唷
↑不敢喝薑汁紅茶的傢伙
對吧!?
不僅是我們姊妹倆，連老媽也迷上這個飲料
真好喝
很喜歡配蛋糕一起喝
多加一點寡糖
擠
擠
不是在減肥嗎？這樣怎麼行啊！
雖然是有助於排毒啦…

如何進行BOOCS瘦身食療法

這是一種藉著「一日一美食」的方式來消除因飢餓引發壓力的瘦身法。
這種瘦身法規則相當簡單，尤其適合容易嫌麻煩的我。

有美食一切好談!!

一天一次美食，不論是早餐、午餐或晚餐時候實行都可以。

一天的基本菜單

※以晚餐為美食時間

早餐 …以攝取水分為主

味噌湯、綠茶、紅茶等。如果想來點甜味，可以在紅茶之類的飲料內加些黑糖或寡糖

午餐 …簡單的輕食

蘋果、御飯糰、烏龍麵、蕎麥麵……等等，能夠讓你撐到晚餐時間的食物

晚餐 …可以吃任何你喜歡的東西

雖然吃這些
是比較好啦…
ε=
OK!!

理想的菜單是「白飯、味噌湯、魚料理（烤魚、生魚片、燉煮魚）、燉煮的蔬菜、醃漬醬菜」，但如果你想吃點別的也行，不必非日式料理不可

※如果以午餐為美食時間，菜單內容為「早餐…以攝取水分為主、午餐…可以吃任何你喜歡的東西、晚餐…簡單的輕食」；若以早餐為美食時間，菜單則為「早餐…可以吃任何你喜歡的東西、午餐…以攝取水分為主、晚餐…簡單的輕食」

BOOCS瘦身食療法的重點

每天可以有一次
讓自己身心都能獲得滿足的飲食內容

可以外食

積極攝取當季的食材、黃綠色蔬菜、根莖類、豆類、海藻類食物

不必硬逼著自己吃一些對健康有益
但沒興趣吃的食物

吃日式料理最好，但如果吃膩了，也可改吃中式或西式料理換換口味

真的忍不住時，喝點酒也無妨

正餐之間如果想吃零食，可以喝些帶有甜味的紅茶或可可亞。如果還是無法滿足，那就按照「蘋果→御飯糰→蕎麥麵→烏龍麵」的順序吃，只要一覺得滿足了，就停下來

至今為止的瘦身經驗談
嚼
嚼
不減肥不行囉…
話雖如此
呆—…
也就這樣過了8年。
從國中開始，就經常跟同學這樣說
今天起我要來減肥了
那我也要
放學回家
聖代
漢堡
薯條
一大堆一
即使已經吃下份量如此驚人的食物，回家後還是照常吃晚餐…
不愧是年紀輕，大吃大喝也不會胖
對呀對呀
真不知道那些胖子們到底是吃了多少東西啊？
唉…真想回到那個年代啊…

即使上了高中，依然還是停留在「嘴上減肥」
這下非減肥不可了—
對呀對呀
該減肥囉
嗯嗯
嚼
嚼
POTATO CHIPS
當時…吃得再多也不會像現在這樣馬上反映在體型上
神哪…
我真是太不惜福了…
到底是什麼時候開始變成現在這樣…
啊
難道這也是因爲那個…代謝問題嗎？
慌張慌張
於是。
高中畢業後，大學聯考失意的我
發生了這樣的事情。
…

一年當中胖了四公斤
怎會？
4公斤真的太糟糕了
是啊…
終於產生危機意識的我，於是在考上大學後開始認真瘦身
嘗試過的瘦身法不勝枚舉
塩鹵、營養補充劑、步行、中藥等等，甚至還吃過減肥藥
塩鹵
SHAKE
Diet
眞是一段不堪回首的往事啊…
每種瘦身法幾乎試不到一個月就放棄，其中只有步行持續了兩個月，也成功瘦下來了
好不容易撐過兩個月，瘦了4公斤呢
但現在的我已經沒有當時那種衝勁囉…怎麼會變成這樣哩…
可能是上了年紀吧…

可是停止步行後還不是又胖回來了
是嗎!!
哼
真是的
花了兩個月才減下來的體重，兩個月後又原封不動的回到身上來…這叫做
復…復…復…
復胖
字正腔圓
實在很可怕呀
之後過了3年
當時的我即使有自覺一年比一年不容易瘦，而且一年比一年胖，還是很看得開地認為「不減肥也無所謂吧？」而就在此時
悟道境界。
一切隨緣…這樣做才是最好、最幸福的啦…
老姊，別飄走啊!!
我接到了松永小姐的email
要不要試試減肥啊!?
媽啊~
嚼
嚼
如果這麼做還減不了肥，我想鳥居小姐這輩子也別想瘦得下去了吧
滋~
喔…
減肥可是要花很多錢的唷——
這是威脅嗎？
如果瘦不下去我也很困擾哩…

但這麼說也沒錯…要是這次減肥失敗，以後想靠自己的力量瘦身根本比登天還難…
好笑…
當時口口聲聲說要「瘦下來」的我，卻禁不起誘惑…
過兩天再開始減肥吧
現在先把這個吃掉!!
所以，這次瘦身不僅只是為了減肥！更要和自己薄弱的意志戰鬥…親手打造全新的自我…
衝啊—
驚!!
這個人怎麼說變就變
加上周遭好友的溫馨支持…
加油!!
加油喔～
大家…
至今爲止瘦身失敗的次數…
可惡!!
啪啪
算盤
緊握
這次減肥一定要成功啦！

Mt.富士

結果因為排不上行程
只好作罷……呼。

水中瘦身法
啊！找到了找到了
翻箱倒櫃
去年買的泳衣～
看來還不到丟掉的時候呢
啦啦
你在幹嘛啊？
呵呵呵…
嚇我一跳…你什麼時候回來的？
不是我自己愛穿喔！是下星期開始我要去游泳……你看松永小姐給我的那本書就知道，是他一定要我穿泳衣的唷！還有
你不必這樣拚命解釋啦
不過你這泳衣…度假氣氛也太濃厚了吧？
會嗎？
夏威夷風
所謂「一定要穿泳衣」，意思是「選一件不會太露，以不會著涼的程度爲佳」啦！

於是…
松永小姐，請買一件泳衣給我！
什麼!? 沒這回事
你自己應該有泳衣吧？我哪有這筆預算！
可是…我如果穿那件泳衣，很可能會因此感冒…說不定還引發肺炎…這樣就沒辦法繼續減肥了耶…
好啦好啦就買給你就是了啦!?
咳
咳咳
還給我咳嗽咧…
落淚…
於是…順利A到了新泳衣
哼
全——新
之所以選擇這個款式，是因為看起來好像比較會游啦
嘿咻嘿咻
一年前我曾經上了三個月的游泳課，當時每天都能輕鬆地游個一公里
悠——哉
先隨便游個50公尺好了
隨～便
隨…隨…便…
隨…隨便…
喘喘…

搞什麼啊!!怎麼這麼難!!
喘不過氣!!心跳加速!!
果然是運動量不足
心跳心跳心跳
池子裡全是些（胖胖的）歐巴桑…
哇，您最近好像變瘦了唷？
沒有啦！都已經年紀一大把囉～
啊哈哈哈
…
閒話家常
滔滔不絕
嘰哩呱啦
霸佔一整條水道
她們以為這裡是溫泉嗎？
觀察之後發覺「這裡是歐巴桑們的交誼廳」
恍然大悟。
根本不是來減肥的…
不行…我絕不能變成那個樣子…
快游
一會兒後，可能是身體習慣了吧，已經能夠輕鬆自在的游泳
我是魚嗎…？
該不會是…美人魚吧…？
冒出水面一

游泳真是一大享受啊！
靈—巧
……
好像玩膩了，開始覺得無聊了耶
人真是善變啊……
能夠持續游泳的祕訣……
那就是……
玩小超人帕門的扮演遊戲！
我是小超人帕門！
等等我啦布比！
用這個方法可以讓我在泳池裡撐個20分鐘
鳥居小姐…請問一下您幾歲啦？還扮演小超人帕門啊…
24歲…
不過，只要在泳池裡待得夠久，多少能消耗一些卡路里吧！
其實…不必太在乎名稱啦，不喜歡帕門的話，改演原子小金剛之類的也行唷
千萬別誤會喔
扭捏
害羞
你想太多了
游個半小時，身體就會開始熱了起來！
而且在水中運動時藉由水流的按摩效果，身體會變得跟海豚一樣柔軟靈敏唷！

（註：小超人帕門為藤子不二雄所創作的漫畫人物）

海豚般柔軟靈敏的身體
水中有氧運動開始了！
啊？
隔壁泳池開始做起了水中有氧運動
快跟上去
反正我也游夠了，不如去試試看吧
演膩帕門了嗎…
這麼快喔…
25公尺長的泳池內塞了將近70人
人山人海…
這樣還能做運動嗎…
沒多久教練出現了
大家好—
古銅色的肌膚還有
…沙啞的嗓音!!
大家跟著音樂節奏開始搖擺了起來
真是壯觀哪
比起陸上有氧運動，水中有氧對於膝蓋和腰部造成的負擔好像比較輕
好像很好玩！而且也不難的樣子！
緩
緩
緩
我是這樣想啦

但事實上一點也不簡單……
呼哈ー!!
由於水中有阻力的關係，光是抬腳就能讓人累得半死
唔……
運動量非常大
那邊！那邊好！
啪ー
明明是泡在水裡卻全身發熱，滿臉通紅
音樂節奏越來越激烈，教練也更起勁了！
上！下！上！OK～!!
喝ー!!
閃閃發亮
亮
教練發出了奇特的喊聲
驚ー
哇ー她好像大叫了一聲耶ー

正當我這麼想時
這教練真是太high了…
嗯喝!!
難道你也是—!!
每個人都是從頭high到尾，不跟著一起high好像不行哩…
喝!!
喝…
喝…
喝!!
雖然我是裡面最年輕的…（應該是吧？）
結束之後…
做完水中有氧全身舒暢啊
神清氣爽！
啊，辛苦您了這位太太—
吃點洋芋片吧？
吃一點點不會變胖啦—而且我們剛才游過泳了！
說的也是—那我不客氣囉
這些歐巴桑們的行徑，真令人引以為戒啊…

叶恭子的BODY MAKING

可怕的第一次停滯期
減肥計畫進行了七個禮拜之後…
……
嗶
嗶
嗶
體重沒減少…
體重一絲絲也沒減少…
沮—喪
之前還很順利的一路減掉了2.8公斤…
輕鬆~
減肥其實不難嘛？
老姊真厲害~
但這兩個禮拜體重卻完全沒變少
那個時候還很開心說…
唉…
老姊…
這陣子的確沒變瘦…

去做鍺溫浴…
還上了健身房…
好燙 好燙
腳再出點力!!
明明做了很多努力～
我不玩了…
再也不玩了啦…
…
嗚
這個叫停滯期啦—
呵啊啊啊啊
你的停滯期終於來啦
沒良心!!
拜託你也考慮一下我的情況吧！竟然在那邊大口吃聖代…
沒良心的編輯！
咕嚕 咕嚕
1個月!?
停滯期何時結束沒有人知道，長達一個月的大有人在哩…
那…那我該怎麼辦哪…
這樣的話，我…

不要量體重就好了
嚼
嚼
如果你覺得有壓力，就先不要量體重吧
へ…
為什麼…？
嚼
嚼
嚼
不要量體重!?
嗝
双眼發亮
可以不量體重耶，真不知道該開心還是擔心！但既然松永小姐這麼說了…
那就不量體重吧!!
於是，我持續運動與進行這個月的BOOCS瘦身食療法…
就是這個
封印
從緊箍咒中解脫的感覺真好啊!!
棒呆了！
老姊終於又活了起來了…
自由實在可貴啊！
不量體重的日子就這樣一天接一天地持續著…

一個星期之後
是不是該量一下體重了呀…
吞口水…
我的命運將會是如何？
緊張ー…
嗶
咦…
不會吧…
這個數字…
減…
減下來了ー
竟然還比一個禮拜前少了一公斤
之前體重完全沒減少的兩個禮拜，彷彿只是做了一場夢似的！
萬歲
謝謝
太感謝了
大勝利
總之，我算是平安度過停滯期了！
不好意思，請給我一份聖代

看來你又恢復自信了呢
閃閃
發亮
那就敬請期待下一次的停滯期囉
……下一次？
還有下一次……？
カタ
カタ
カタ
怎麼會這樣……
對呀，減肥期間會遭遇到多次的停滯期
根據松永小姐蒐集的資料，能否超越重重的停滯期關卡，將是瘦身成功與否的最大關鍵
下一次…是嗎…
無—力…
在體重降不下去的時期，無論如何努力都無法再變瘦時也絕不要因此造成壓力
停滯期間不焦慮、不勉強，是克服難關的最大祕訣！
雖然內心不安，但絕對要忍住唷
松永小姐……你究竟是何方神聖哪……
好笑…
你想太多了……
對松永小姐半信半疑的情況下，我告別了第一次的停滯期。之後體重也很順利的逐漸減少了
對於下一次的停滯期，內心還是有些許的不安…
好！
嘿

鳥居式瘦身期間減壓術

1

吃聖約翰草藥丸

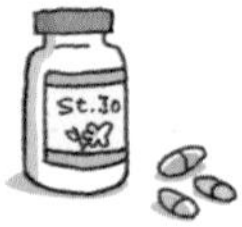

可以和緩焦慮感的
藥草健康食品

2

喝藥草茶

特別推薦
洋甘菊、檸檬草

3

善用精油

薰衣草、橙花油
效果特別好

抗力球
這傢伙就這樣突然來到了我家…
發呆中—
叮咚—
有您的快遞
松永小姐又寄包裹來了
謝謝—
給鳥居小姐 松永!!
我有不好的預感…前陣子還寄了什麼灌腸器給我…
<上一次的惡夢>
咕咕咕…
沒辦法…還是得打開看一下…
咦?這是…
抗力球!!
乾扁——
…而且還是沒充氣的!!

喔—好像挺好玩的耶…先來充氣看看吧
嗯嗯
這是啥東西？柿子乾嗎？
登登登登～♪
抗力球充氣機～♪
五分鐘後
咻
咻
嘿咻嘿咻♪
怎麼吹不起來…
十分鐘後
咻
咻
咻
咻
可惡！
二十分鐘後
咻
咻
終—於!!!
膨～
鼓起來了—
喘
喘
呼
呼
嘿咻!!
充氣減肥操
終於做完囉
重點不是這個吧
這個運動量很大了耶…快沒力氣玩抗力球了…
喘
喘

首先把腳踩上去，取得平衡後試著坐在球上
嘿
光是坐在球上，就能感到腹肌一陣緊實！而且還挺好玩的！
……
搖啊搖
搖啊搖
老姊！借我玩一下嘛！
別吵我
※沉浸在禪修的氣氛中。
我老妹曾經在親戚家玩抗力球時跌了個倒栽蔥
可惡—
想一雪前恥嗎!?
加油—
喲
喲喲…
喲喲喲？
抖抖抖
哇—
倒栽蔥
（果然還是不行啊）

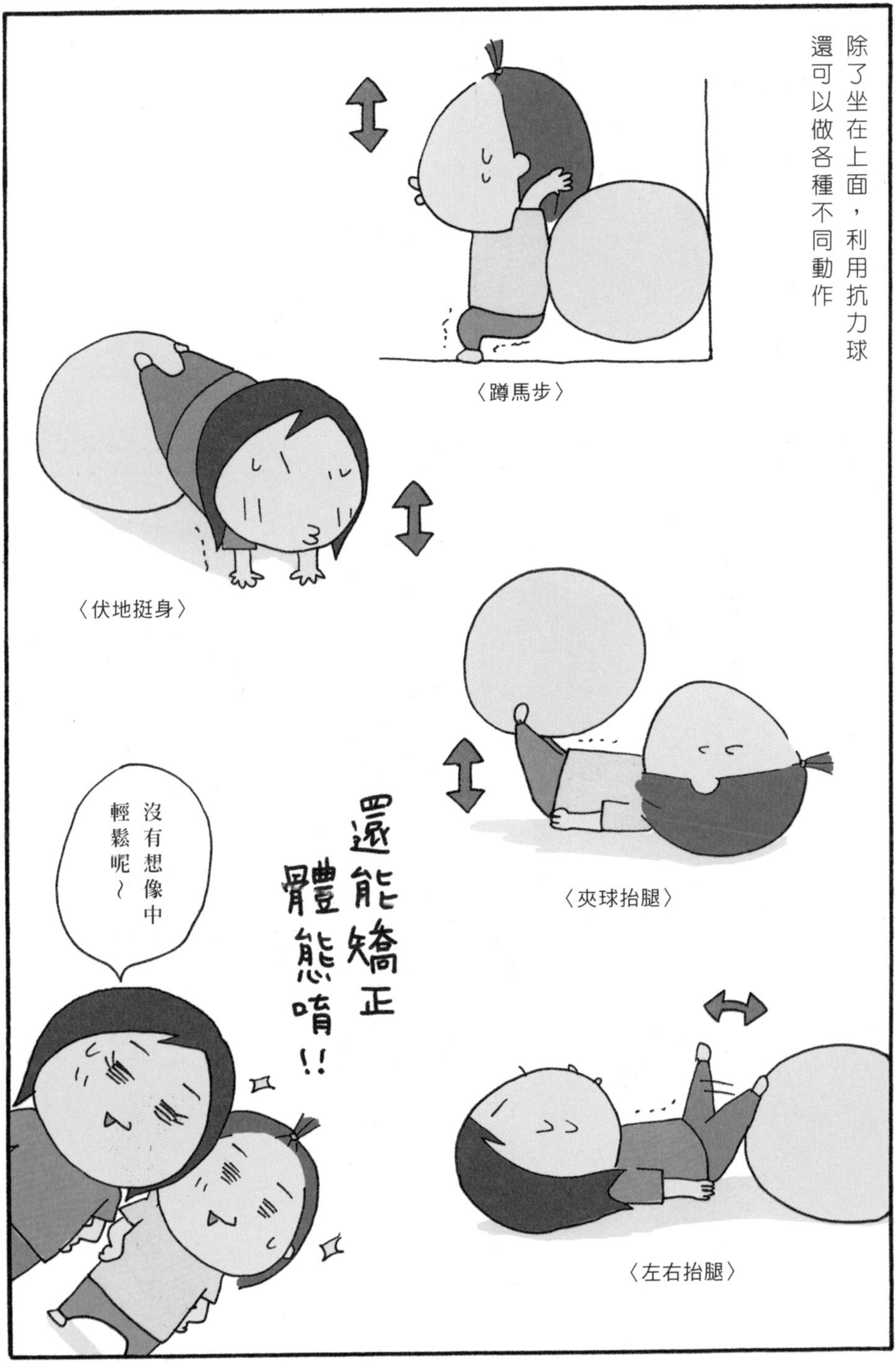
除了坐在上面，利用抗力球還可以做各種不同動作
〈蹲馬步〉
〈伏地挺身〉
〈夾球抬腿〉
還能矯正體態唷!!
沒有想像中輕鬆呢～
〈左右抬腿〉

練習一禮拜後，我已經厲害到能坐在抗力球上工作囉
啦啦啦～
它已經完全融入我的日常生活中
而之前完全拿這顆球沒轍的老妹
〈老妹的進化〉
茶
起立!!
如今早已駕輕就熟，還能輕輕鬆鬆地站在球上面呢
甚至還跑去挑戰健身房教練
看我的
一躍而起穩穩站在球上的完美特技
我輸了
她接下來的目標是「站在球上，上下蹲馬步30次」
一～次…
老妹…
這也太…

我們真的是一家人嗎

老弟的食量超大
卻瘦得跟竹竿一樣。
真是令人嫉妒啊⋯⋯。

第2個月的結果

項目	數值	單位
體重	-3.0（-1.0）	kg
體脂肪率	-2.4（-1.0）	%
胸圍	-1.9（-0.8）	cm
臀圍	-1.8（-1.7）	cm
小腿	-0.9（-0.6）	cm
雙臂	-0.6（-0.4）	cm
腰圍	-1.2（-0.5）	cm
大腿	-1.4（-0.8）	cm
腳踝	0.1（0.2）	cm

在這個以BOOCS瘦身食療法為主的一個月內，食量雖大卻還是瘦了1公斤。體脂肪也很順利的降低，看來成果算是頗為豐碩。不過腳踝卻變粗了。我猜也許是因為水腫的關係吧。

瘦身第3個月

訂購的「延壽飲食法一週組合包」終於送到了
延壽飲食法
Macrobiotic for Bigginners
一天三次，一週份量要價一萬兩千八百日圓
好貴。
終於讓我等到了—♡
那是什麼？
好吃的嗎？
「Macrobiotic」一詞在希臘語中有「偉大的生命」的含義
所謂的延壽飲食，是指完全沒有砂糖、動物性食品、人工添加物等等，以「穀類為主」的飲食方式
就是藉由傳統的飲食方式來提升人體自癒力，讓身心常保健康啦！
哇—能不能簡單說明一下啊
呵呵呵

每天的早餐是稀飯
趕快來吃吃看！
延壽飲食
全都是調理包，只要放進微波爐熱一下就行囉
真是輕鬆……啊…？
這是什麼東西？
紅蘿蔔饅頭嗎？
咬
天哪!! 救人哪!!
生蘿蔔味好重!!
哽住！
只咬一口就不敢碰了。
紅蘿蔔饅頭真恐怖呀！
好驚人的氣味…
叮
稀飯應該還好吧？
突然有點害怕了起來…
這是第一天的早餐內容
一共83kcal
糙米粥
梅乾
烘焙茶

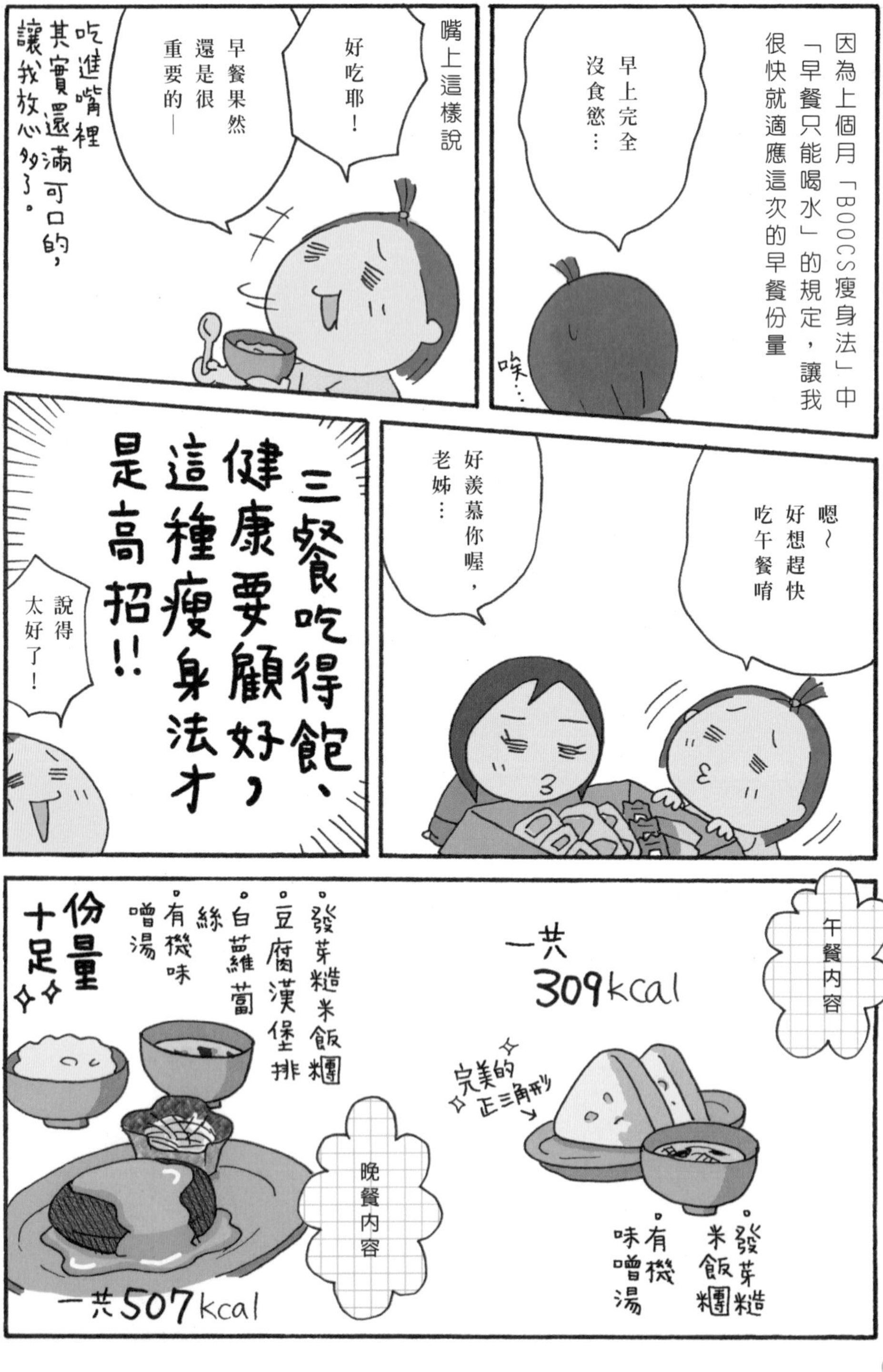

因為上個月「BOOCS瘦身法」中「早餐只能喝水」的規定，讓我很快就適應這次的早餐份量
早上完全沒食慾…
唉…
嘴上這樣說
好吃耶！
早餐果然還是很重要的—
吃進嘴裡其實還滿可口的，讓我放心多了。
嗯～好想趕快吃午餐唷
好羨慕你喔，老姊…
三餐吃得飽、健康要顧好，這種瘦身法才是高招!!
說得太好了！
午餐內容
一共309kcal
完美的正三角形
發芽糙米飯糰
有機味噌湯
晚餐內容
份量十足
發芽糙米飯糰
豆腐漢堡排
白蘿蔔絲
有機味噌湯
一共507kcal

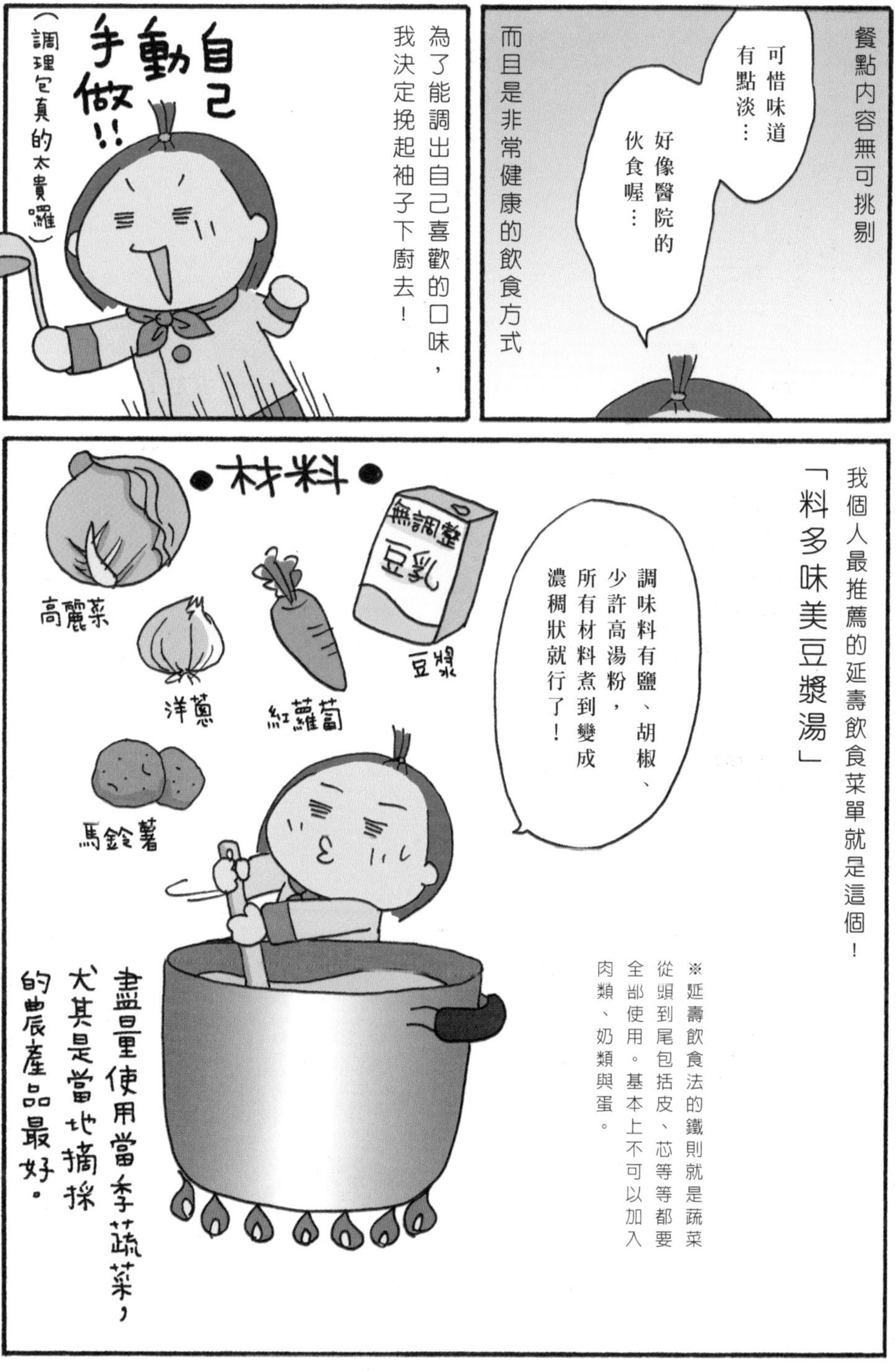
餐點內容無可挑剔
可惜味道有點淡…
好像醫院的伙食喔…
而且是非常健康的飲食方式
為了能調出自己喜歡的口味，我決定挽起袖子下廚去！
自己動手做!!
（調理包真的太貴囉）
我個人最推薦的延壽飲食菜單就是這個！
「料多味美豆漿湯」
調味料有鹽、胡椒、少許高湯粉，所有材料煮到變成濃稠狀就行了！
●材料●
高麗菜
洋蔥
紅蘿蔔
無調整豆乳
豆漿
馬鈴薯
※延壽飲食法的鐵則就是蔬菜從頭到尾包括皮、芯等等都要全部使用。基本上不可以加入肉類、奶類與蛋。
盡量使用當季蔬菜，尤其是當地摘採的農產品最好。

太好吃了—♡
就算帶皮也很好吃！
糙米也很棒！軟硬適中！
大快朵頤
這樣的飲食生活讓我不再有便祕的苦惱
腸道通暢！
啊哈哈哈哈哈
從今以後我還要繼續吃糙米
跟著我一起吃糙米的老妹也
託糙米之福
我的皮膚超光滑呢！
我們確實都體驗到延壽飲食法的效果了，但吃得太多還是
不行的唷
不行嗎？
這是什麼？這饅頭給我吃吧
啊，那個……
塞
來不及了……
吐—
哇—噁
破壞力果然不同凡響

挑戰礦翠（contrex）礦泉水

每次喝的時候都是這個表情。

瑜伽&熱瑜伽
筋骨柔軟的我
沒問題
瑜伽對我來說可以說是小事一樁
呵
那麼我們就從「魚式」開始吧
甚至能輕鬆地把腳抬到腦後
你看
好噁！
來吧
後翻
這個是魚嗎？
要做這個動作？
我們是初學者耶!!

心中納悶但還是跟著試試
我翻
好像不難…
好，請
維持
這個動作10秒
全身筋骨好像全被拉開了！
什麼？10秒！
其他還有
〈舞者式〉
加強提臀!!
〈貓式〉
喵—
伸展肌肉
〈立木式〉
緊實小腹
每個動作做起來都比想像中難許多
有些人甚至還會出現這種姿勢
唉呀呀呀—
真是不能小看瑜伽啊…！
實在太驚人了…

不過，兩個禮拜後我已經非常適應做瑜伽了
接下來要挑戰
熱瑜伽
你這傢伙凡事都只有三分鐘熱度…
可是現在很流行這個耶…
←害羞—
我不想一個人去，松永小姐也一起來嘛
什麼!?
我幹嘛去！又不是我要減肥
可是我已經順便幫松永小姐報名了耶…沒辦法取消了說
我才不去咧！
蝦米!?
明天下午一點開始上課，到時候見囉
等…
當天
好熱…我幹嘛要在這種大熱天裡做熱瑜伽啊…
唷呵！
開心
開心
開心
拜託你囉—
等…等等啊鳥居小姐…！

你們好—
請快進教室吧—
記得每隔60分鐘要喝1公升開水唷
喘
好重的濕氣啊…
整間教室彷彿是三溫暖
濕～熱
不愧是熱瑜伽呀
眞是夠了…好想回家…
光是坐著就滿身大汗
濕熱濕熱濕～熱
瑜伽開始
聽說藉著溫熱身體讓筋骨變柔軟，可以更輕鬆的做好各種動作，不過…
不但會感到呼吸困難…
喘…喘…
心臟還會狂跳不已…
（聽說只要習慣了症狀就會消失）
咚咚咚咚咚
課程中陸續有人逃離教室
別想逃！
我不行了…
抓
搖搖晃晃…

乍然發覺連膝蓋、指甲也都冒出大量的汗水！
效果比鍺溫浴還厲害！
咻—…
大汗淋漓!!
松永小姐你瞧，連這裡也流汗了耶！哪！
煩死了…
不到60分鐘，我們就把那1公升水喝光光了…
再給我送水來！
吼—
松…松永小姐
冷靜點啊—
我們兩個就這樣暈頭轉向地，好不容易做完了瑜伽，進入冥想時間
可是。
快點放我出去啊……!!
快點…!!
熱得要命哪還有力氣冥想啊！
不過當一切結束後，那種神清氣爽的感覺實在太棒了，回家路上身體輕快得簡直要飛了起來！
還好有來參加
雖然痛苦但真的很舒暢呢
回家後直到隔天早晨還是覺得身體暖呼呼的
難道…
我已經轉變成易瘦體質了…

血型瘦身法

不同血型的人，有各自吃了容易變胖的食物。
我是A型人，最愛的肉類竟是我的大敵，真是痛苦啊。

A型

〈適合的食物〉
蔬菜、大豆製品、水果

〈不適合的食物〉
肉類、乳製品

〈推薦的運動〉
伸展瑜伽、太極拳

B型

〈適合的食物〉
乳製品、蔬菜、紅肉、蛋

〈不適合的食物〉
麵條、玉米、小麥、雞肉

〈推薦的運動〉
單車、登山、網球

O型

〈適合的食物〉
紅肉、海藻類

〈不適合的食物〉
乳酪、高麗菜、小麥製品

〈推薦的運動〉
慢跑、有氧舞蹈

AB型

〈適合的食物〉
豆腐、魚貝類、優格

〈不適合的食物〉
肉類、麵條、小麥製品

〈推薦的運動〉
舞蹈或瑜伽、太極拳

有氧舞蹈
今天要首度挑戰有氧舞蹈
唱唱歌♪
跳跳舞♪
一大早我就興奮地拉著老妹一起去！
在眾多課程中，有氧舞蹈是最熱門的一項！健身房裡擠滿了人…
在這片茫茫人海之中…
有各式各樣的人物
呵呵♪
哇，眞是豪放啊！
你好—
精神奕奕的教練登場囉！
而且長得很可愛唷♡
暱稱「小松鼠」by 姊&妹
呵呵…

首先是簡單的暖身
右腳！
左腳！
老姊，這實在太輕鬆了
嗯
遊刃有餘
身體暖和後稍做休息
休息囉？這麼快
喝水嗎～
嗯，請大家記得喝水唷
一堂課45分鐘，每隔10分鐘左右會有短暫的休息時間讓大家補充水分
爲了提高代謝幫助你更容易瘦下去，一定要喝水唷！
遵命！
接下來要正式開始囉！舞蹈也越來越激烈了
麻花步!!
坐腿撐!!
坐腿撐!!
我們有辦法撐到最後嗎…！

5分鐘後
不行了…
超…超難…
我快熱死了…
ㄟ？
什麼!?
耶—
有位大嬸竟然恣意改編小松鼠的舞蹈動作，讓運動量更激烈
相較之下我們真的遜斃了
不能輸啊…
短暫的中途休息時間讓只能隨著起舞的我們終於得以稍微喘一口氣
好，調整氣息—
呼…
終於…進入這個動作了
啪
啪
啪
啪

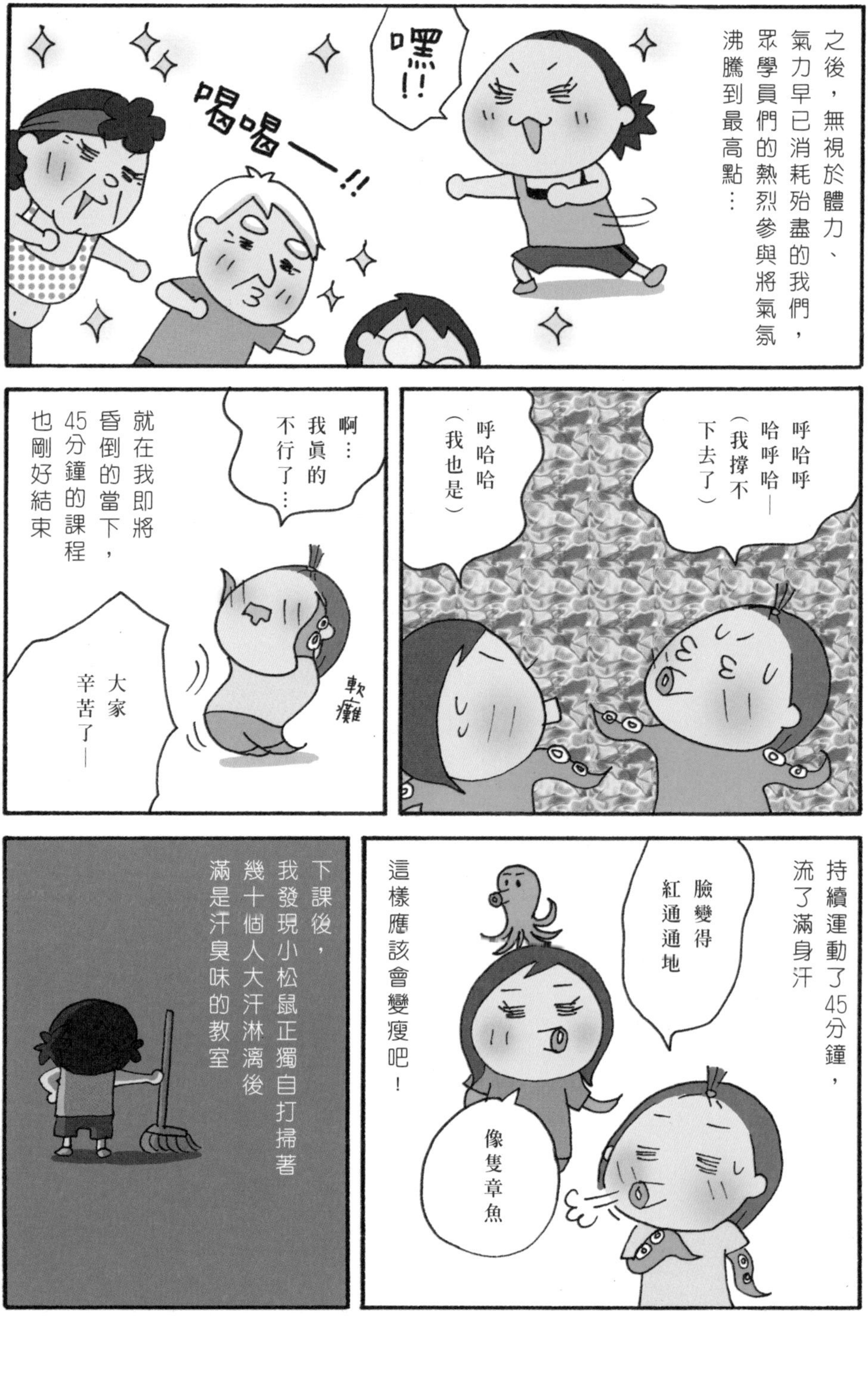
之後，無視於體力、氣力早已消耗殆盡的我們，眾學員們的熱烈參與將氣氛沸騰到最高點…
嘿!!
喝喝——!!
呼哈呼哈呼哈——（我撐不下去了）
呼哈哈（我也是）
啊…我真的不行了…
軟癱
就在我即將昏倒的當下，45分鐘的課程也剛好結束
大家辛苦了——
持續運動了45分鐘，流了滿身汗
臉變得紅通通地
這樣應該會變瘦吧！
像隻章魚
下課後，我發現小松鼠正獨自打掃著幾十個人大汗淋漓後滿是汗臭味的教室

轉頭
是笑臉！
即使打掃時
還是維持著招牌笑容…
預備——
衝——
!!
一開始那個「預備」究竟是…！
呵呵～
有點搞笑耶…
被這個精力十足的小松鼠
稱讚的我們
好！
太好了！
男孩般的個性
現在每星期
會上三次有氧舞蹈課
變成這樣的日子
不遠…了吧？
嗯？

有志者事竟成

有氧舞蹈雖然
很累人
呼哈
呼哈
每星期上三次課
也漸漸習慣了
喝
喝!!
身體也不容易
疲倦了!!
好,來鍛鍊
肌力吧—
嘿咻—
兩個月後…
奇怪?怎麼
小腿看起來…
怎麼會這樣～
嗯…好像
變粗了…

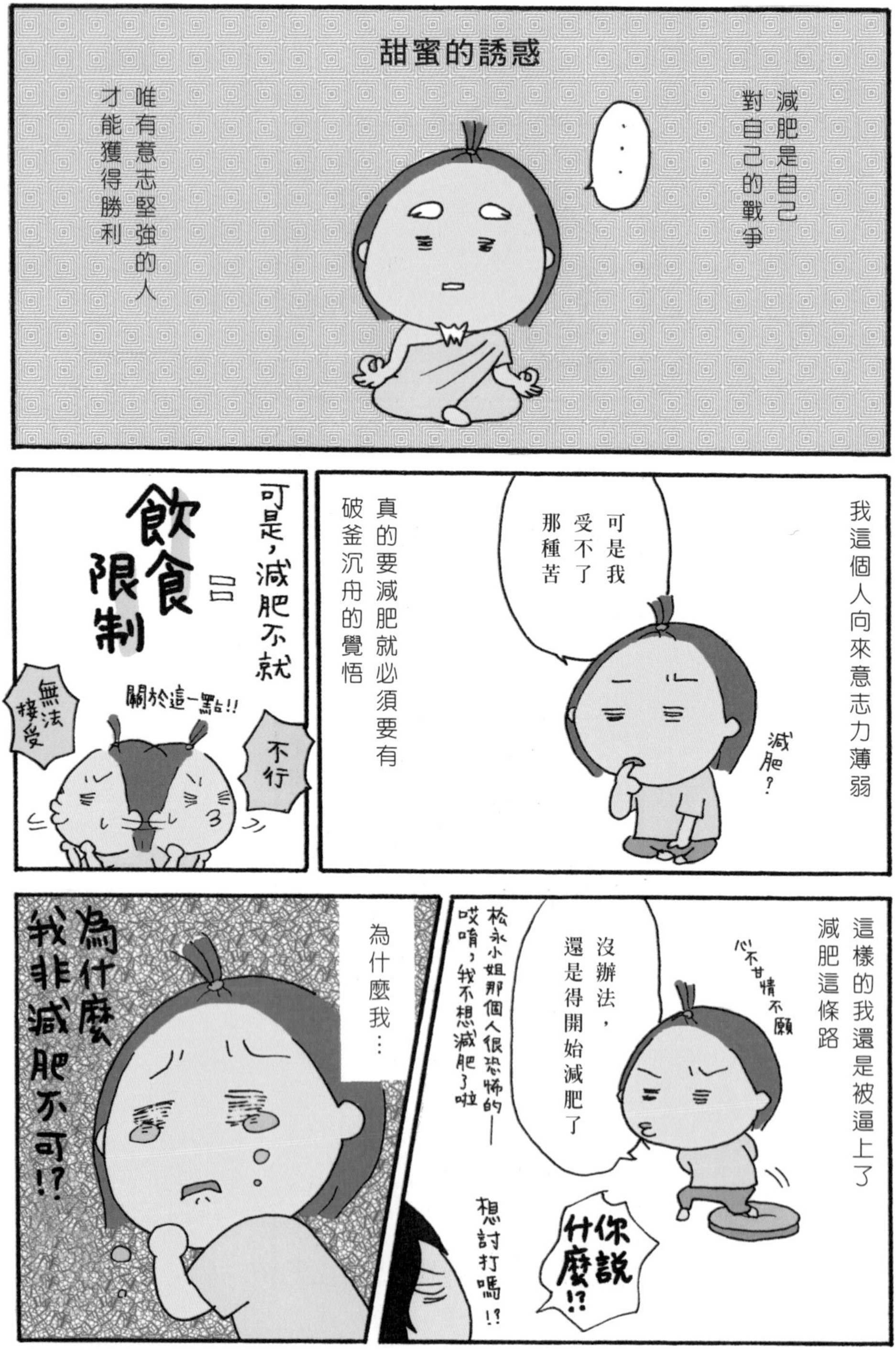
甜蜜的誘惑
減肥是自己對自己的戰爭
・・・
唯有意志堅強的人才能獲得勝利
我這個人向來意志力薄弱
減肥?
可是我受不了那種苦
真的要減肥就必須要有破釜沉舟的覺悟
可是，減肥不就
飲食限制
關於這一點!!
不行
無法接受
這樣的我還是被逼上了減肥這條路
心不甘情不願
沒辦法，還是得開始減肥了
松永小姐那個人很恐怖的——
哎唷，我不想減肥了啦
你說什麼!?
想討打嗎!?
為什麼我…
為什麼我非減肥不可!?

我買了冰淇淋耶
甜甜圈給你
幹嘛在人家減肥的時候帶甜點來啦！
我家正對面何時開了一家便利店？
冰淇淋折價30元
太方便了吧！
不妙
半夜工作時很容易分心…
便利店…
冰箱裡有冰淇淋…
甜甜圈…
咕嚕
想轉換心情看個電視，看的也都是料理節目
哇！看起來好好吃唷…
啪
媽呀
真是討厭耶！不如睡覺去
生氣
嘴上這麼說
來上網好了…
咕嚕咕嚕咕嚕…
但肚子實在太餓，根本睡不著…

30分鐘後
驚
我是什麼時候連上這個甜點網站的……！
哇，那個瑞士捲看起來好好吃唷—來訂一個吧！
你這傢伙……
想啊！我超想訂呀！可是一旦訂的話，不就表示我真的毫無意志力了？
可是真的好想吃唷……即使一口也好……只要一口就好……可是可是……
喀嚓
幾天後，松永小姐來探望我
你好—
鳥居小姐，我來慰勞你囉
慰勞…？
這也是松永小姐的工作嗎……!!

減肥期間的忠實盟友
無熱量飲品
這這這…
這是啥東東啊
肚子餓的時候就吃點這個吧
松…
松永小姐…！
你什麼時候變成大好人啦…？
拜託，我平常有那麼壞嗎
哇—
每天不停地忍耐快把我逼瘋了…
得救了—
叮咚—
有您的快遞—
咦—
老姊，送來了耶—
那是…什麼東西啊？
是老姊訂的蛋糕啊
…鳥居小姐

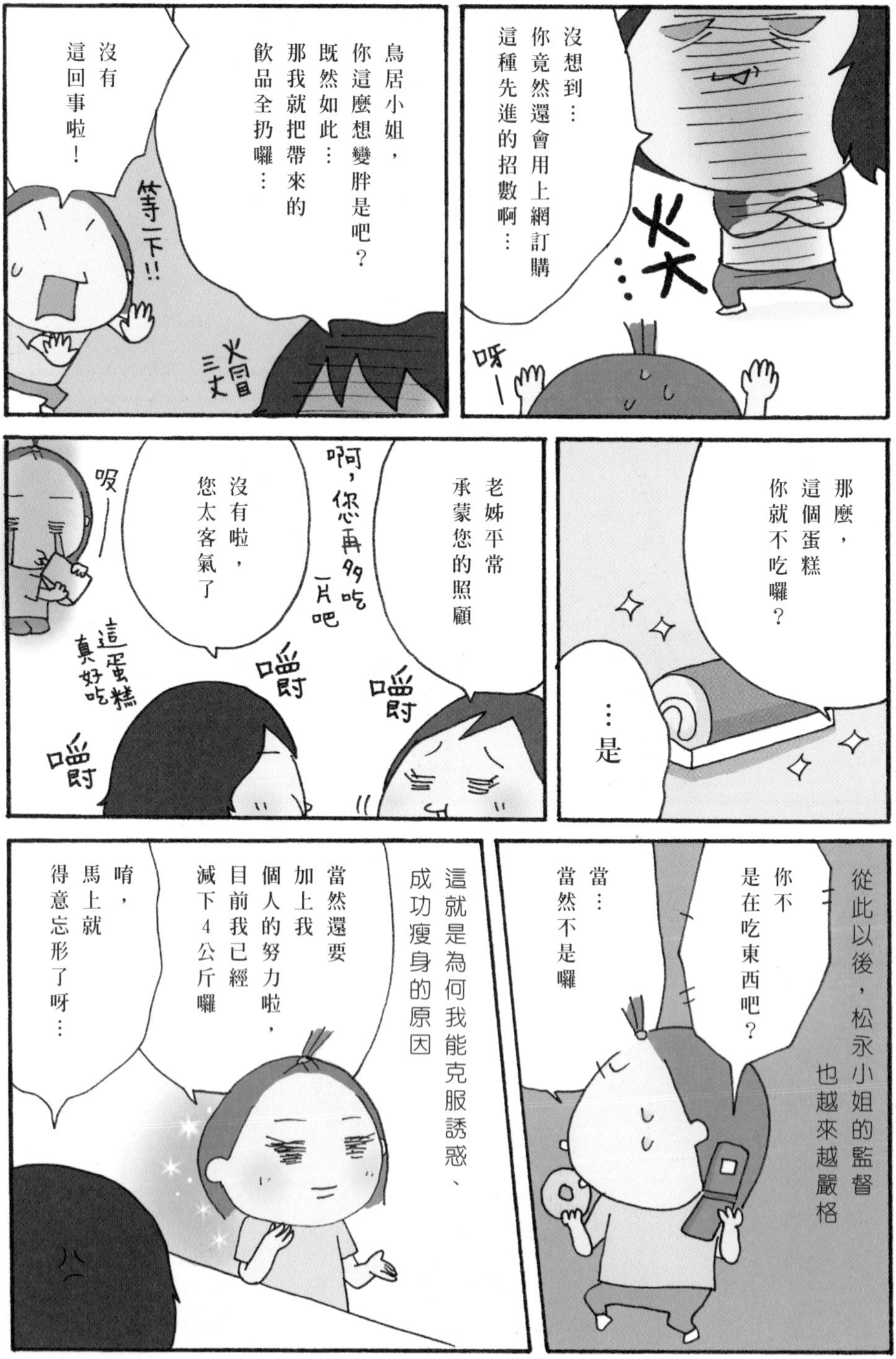

沒想到…你竟然還會用上網訂購這種先進的招數啊…
咻—
鳥居小姐，你這麼想變胖是吧？既然如此…那我就把帶來的飲品全扔囉…
等一下!!
沒有這回事啦！
那麼，這個蛋糕你就不吃囉？
…是
老姊平常承蒙您的照顧
啊，您再多吃一片吧
沒有啦，您太客氣了
嚼
嚼
這蛋糕真好吃
嚼
吸—
從此以後，松永小姐的監督也越來越嚴格
你不是在吃東西吧？
當…當然不是囉
這就是為何我能克服誘惑、成功瘦身的原因
當然還要加上我個人的努力啦，目前我已經減下4公斤囉
唷，馬上就得意忘形了呀…

減肥期間大可放心！低卡路里甜點

葡萄柚果凍

（材料／4人份）

· 果凍粉5g （A）
· 水 30cc （A）
· 葡萄柚 1顆
· 水 100cc
· 砂糖 1g

（做法）

1. 將半顆葡萄柚去皮取出果肉。
2. 另外一半葡萄柚榨汁。
3. 將A混勻，膨脹後備用。
4. 把3與水、砂糖置入鍋中加熱但勿沸騰。
5. 待涼後加入1攪勻，略呈糊狀時再加入2。
6. 將5倒入模型中，移入冰箱冷藏定型。

蘋果雪泥

（材料／4人份）

· 蘋果2顆
· 水 200cc
· 砂糖 80g
· 檸檬汁 20cc （約1/2顆）

（做法）

1. 鍋中放入砂糖、水煮開，待涼後加入檸檬汁混勻。
2. 蘋果削皮去芯後磨成泥加入鍋中。
3. 倒入平底盤，覆上保鮮膜後置入冰箱內冷凍。
4. 中途不定時取出攪拌後再放回冰箱冷凍。

健走
雖然我已經嘗試過不少種減肥方法
嗯
其中我覺得最有效的還是
健走。
大概在三年前，我曾經每天晚上繞著公園
快步地走
呼
呼
呼
那時候我的體重直線下降，結果
2個月就不再走了。
已經這麼瘦，應該夠了吧
但兩個月後又恢復成原來的體重
健走看似簡單，卻是一種會使用到七成肌肉的全身運動。長時間持續健走的瘦身效果非常優！
…話雖如此，「長時間持續」這點實在很麻煩耶…
明天再開始吧，現在已經很晚囉
晚安—

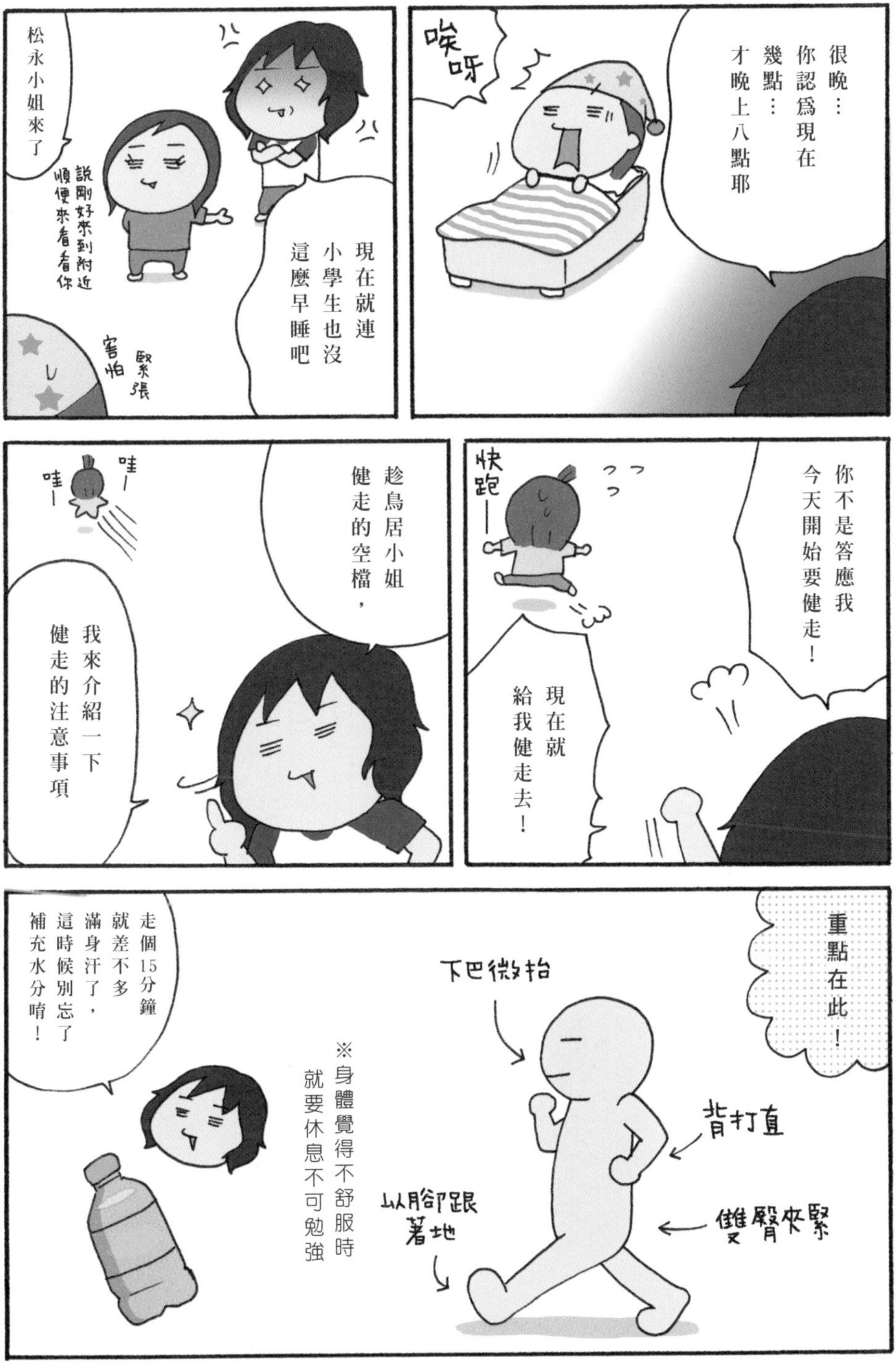
很晚…你認爲現在幾點…才晚上八點耶
唉呀
現在就連小學生也沒這麼早睡吧
松永小姐來了
說剛好來到附近順便來看看你
害怕
緊張
你不是答應我今天開始要健走！
現在就給我健走去！
快跑——
趁鳥居小姐健走的空檔，
我來介紹一下健走的注意事項
哇—
哇—
重點在此！
下巴微抬
背打直
雙臀夾緊
以腳跟著地
※身體覺得不舒服時就要休息不可勉強
走個15分鐘就差不多滿身汗了，這時候別忘了補充水分唷！

唔～喉嚨好乾唷
啊！我忘了帶水來了
腳是第二個心臟，因此健走具有刺激心臟的功效
·強化心臟
·強壯骨骼
·促進腦部活動
健走的確有益健康，只是和游泳一樣，很容易就膩了⋯難道只有我會這樣？
啊啊啊
不想玩了
於是我開始觀察起路人！發現也有胖哥胖姐來健走！
一起努力吧！
衝衝衝！
空氣中迴盪著一股並肩而戰的氣息⋯
甚至還有大剌剌地進行dukeswalk的大嬸⋯！
太猛了!!
竟然在眾目睽睽的大馬路旁做耶！
呼
呼

（註： dukeswalk——由日本更家公爵所研創，結合氣功、瑜伽、武術⋯等多項運動優點的健走術。）

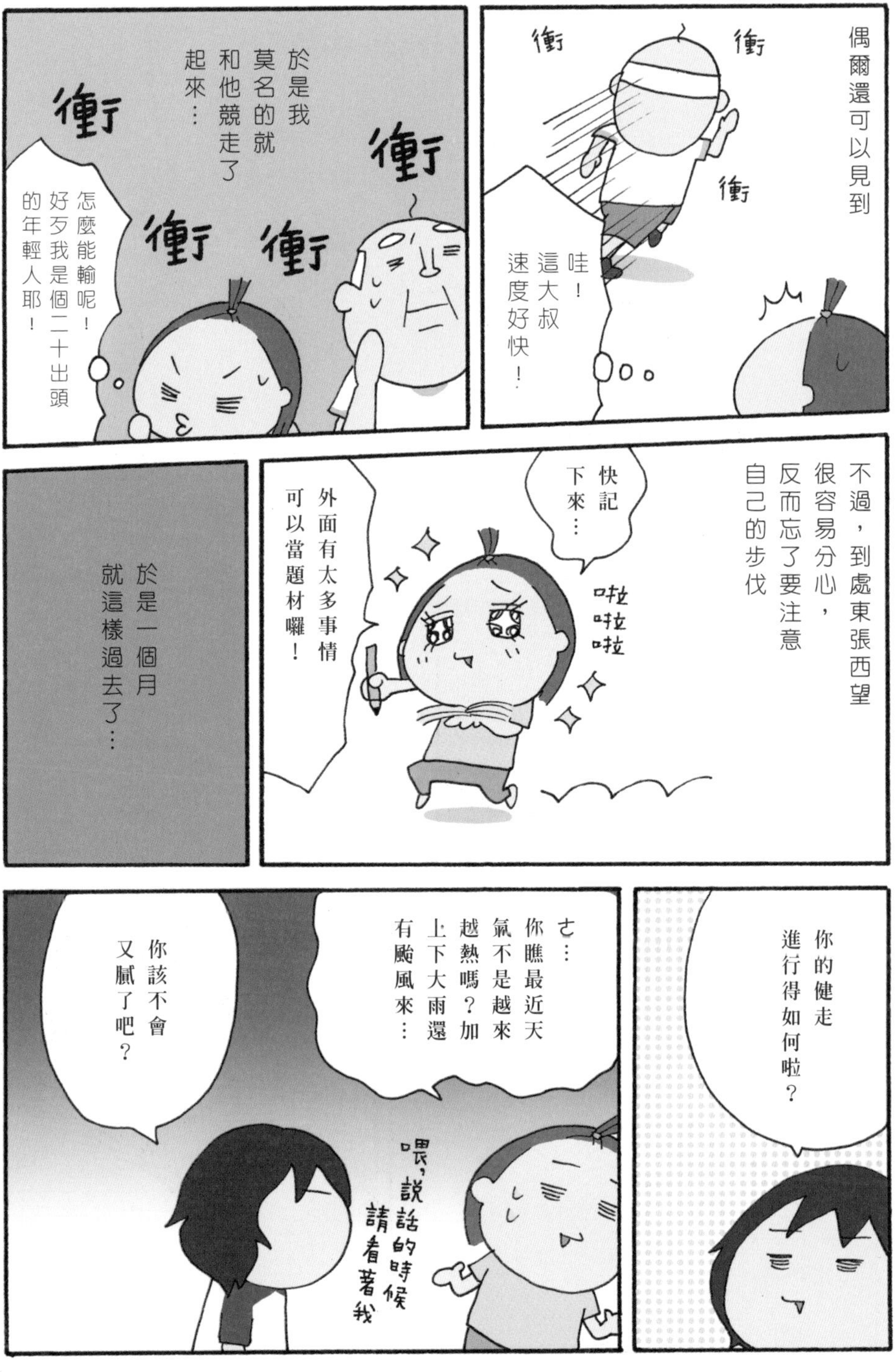
偶爾還可以見到
衝
衝
衝
哇！這大叔速度好快！
於是我莫名的就和他競走了起來…
衝
衝
衝
衝
怎麼能輸呢！好歹我是個二十出頭的年輕人耶！
不過，到處東張西望很容易分心，反而忘了要注意自己的步伐
快記下來…
啦啦啦
外面有太多事情可以當題材囉！
於是一個月就這樣過去了…
你的健走進行得如何啦？
ㄜ…你瞧最近天氣不是越來越熱嗎？加上下大雨還有颱風來…
你該不會又膩了吧？
喂，說話的時候請看著我

唉唷，我是這樣的人嗎…
我說啊，在大自然面前，人類是顯得如此渺小啊
又開始胡說八道了…
眞是無可救藥了
下雨的話可以改上健身房啊！
健身房…？
喔，健身房啊…
可是我現在去健身房都是爲了上有氧舞蹈耶！
……
One more, two more!
喂？
你到底要給我裝傻到什麼時候…
為了少挨罵，我偶爾還是會去健走
怎麼還不下雨啊——下雨我就能回家了說…
啊啊
←又膩了

松永小姐的改變

第3個月的結果

體重

-4.8 kg
(-1.8)

體脂肪率

-3.4 %
(-1.0)

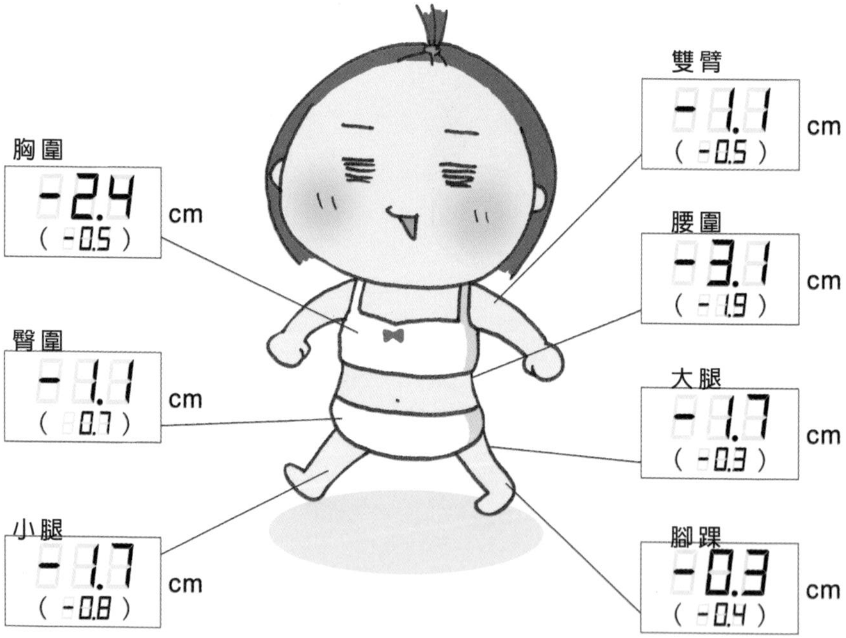

體重比上個月少了1.8公斤！更令人開心的是腰圍瘦得比胸圍還多！看來應該是上健身房的效果吧？我的減肥生活已經結束大半。接下來只剩2.2公斤需要再努力了！

瘦身第4個月

誘人的全身美容
我可是期待許久了呢！
好羨慕唷——
唷呵!!
這個月的主題是全身美容！
說到全身美容，就是藉著一雙
神奇的雙手…
請交給我吧
在完全放空的愜意時光中
輕輕鬆鬆的瘦下來♡
大概就是這樣子吧？好期待唷！
好友還推薦我一家位在市中心的全身美容中心
去一次就能讓你感受深刻哦！
真的假的!?
那我也要去這家!!
我想辦法說服松永小姐，報名了一個月16萬日圓、沒有次數限制的療程
我先報名了，繳款的事就麻煩您囉
呵呵♡
好貴…
你說啥!?
竟然擅自決定!!

療程開始之前先進行諮商
鳥居小姐的代謝很糟糕唷
我看就從腳開始減起吧
直言無諱
腿有點水腫唷—
啊…是…
無言…
我們的療程重點是「瘦身」而非鬆弛身心，請好好加油喔♪
好
好
來全身美容中心的人不都是為了瘦身嗎…？
那句話的真義我隔天終於明白了…
鳥居小姐，我們一起來減掉6公斤吧!!
一個月內！
自信滿滿
好
我會追隨您的腳步的…!!

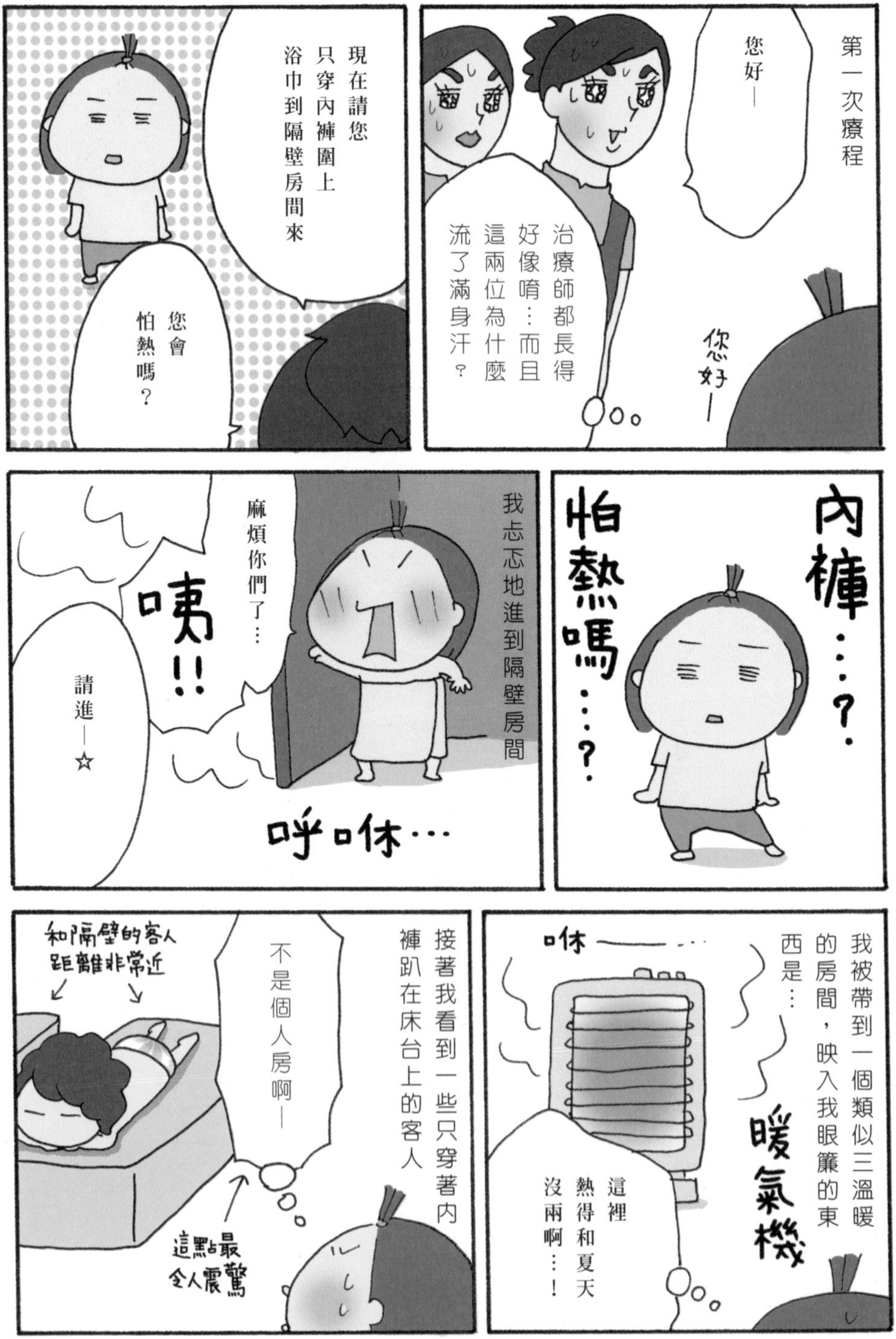
第一次療程
您好—
您好—
治療師都長得好像唷：而且這兩位為什麼流了滿身汗？
現在請您只穿內褲圍上浴巾到隔壁房間來
您會怕熱嗎？
內褲…？
怕熱嗎…？
我忐忑地進到隔壁房間
麻煩你們了…
咦!!
請進—☆
呼咻…
我被帶到一個類似三溫暖的房間，映入我眼簾的東西是…
暖氣機
咻—
這裡熱得和夏天沒兩啊…！
接著我看到一些只穿著內褲趴在床台上的客人
不是個人房啊—
和隔壁的客人距離非常近
這點最令人震驚

諮商的時候
完全沒告訴我
這些事情…
不安…
但既然報名了也只好照做，
於是我和其他人一樣
乖乖的趴在床台上
這張床好熱唷…
什麼嘛，
我想出去了啦…
熱氣
直冒
好熱…
治療師迅速地在我身上塗抹發汗
凝膠之類的東西…
沙沙沙…
然後用保鮮膜
將我整個
裹起來…
動ー彈不得
開始蒸了
起來!!
熱死人
了啦！
10分鐘後等我從蒸箱內出來，
全身都
濕透了
這些是
啥東西啊！
那些全都
是鳥居小姐的
汗水唷
太誇張了吧…
我能流出這麼多汗嗎？
驚
盯ー…
（懷疑的眼神）
說不定根本就是
溶化了的凝膠只是
看起來像汗水呢…

接著又再度將我
捲起來
以低周波電療
…哇！
像電毯之類的毯子
捲著
咻——…
哇嗚——
整個過程就只有
熱和累。
療程總共花了兩小時
好久…
療程結束時，我的手也變得皺巴巴了
手變成老太婆了！！
〈量體重〉
體重少了800公克唷
呵呵是喔…（我想少掉的應該全是汗水吧）我已經頭昏眼花了…
辛苦了♡
好！終於能喝水了…給我水…水！
啊，鳥居小姐

療程結束的兩小時內是不能攝取任何水份的唷
吃飯時當然也不能喝水
!!
乾癟
乾癟
我…不能喝水…？我都已經脫水成這樣了耶…？
是的♡
現在喝水又會變胖唷♡
我…不行了…
嗚…
軟癱無力一
等您下次再來時，體重一定要比今天更少唷—我們就這樣約定囉—
這樣下去應該一定會變瘦吧…!!
哇嗚—
第四次療程

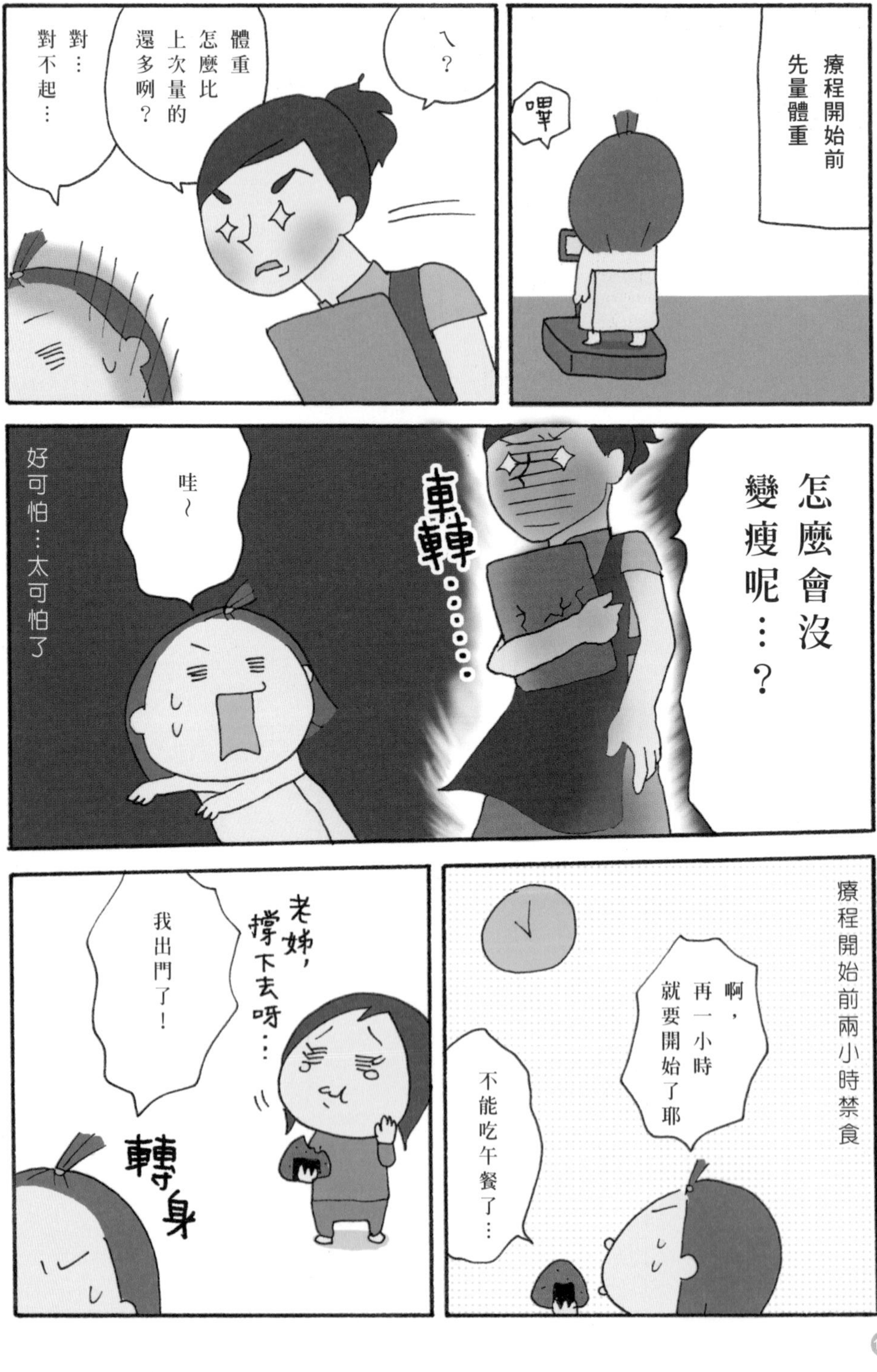

療程開始前先量體重
嗶
ㄟ？
體重怎麼比上次量的還多啊？
對…對不起…
怎麼會沒變瘦呢…？
轉……
哇～
好可怕…太可怕了
療程開始前兩小時禁食
啊，再一小時就要開始了耶
不能吃午餐了…
老姊，撐下去呀…
轉身
我出門了！

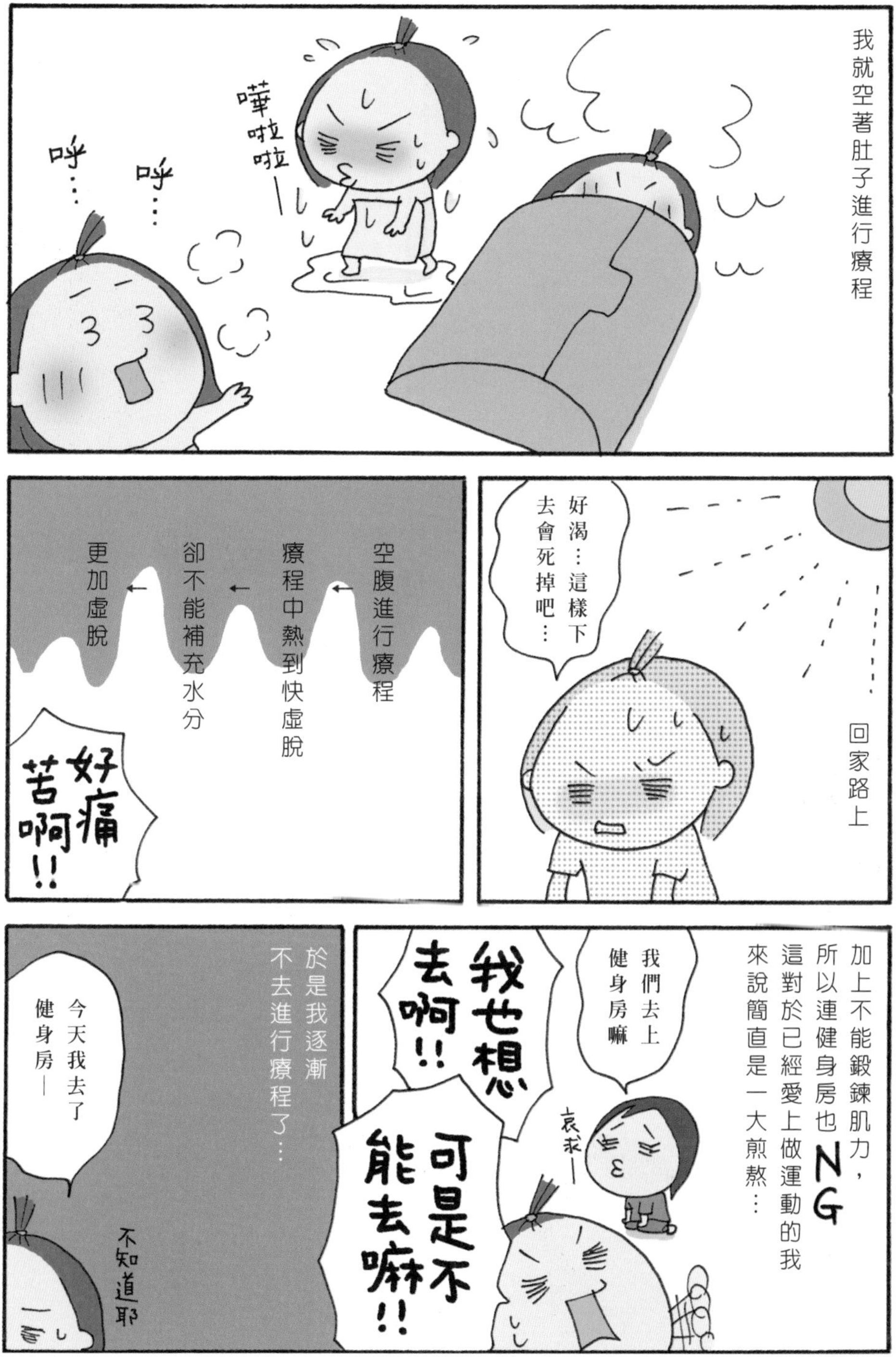
我就空著肚子進行療程
嘩啦啦—
呼…
呼…
回家路上
好渴…這樣下去會死掉吧…
空腹進行療程
療程中熱到快虛脫
卻不能補充水分
更加虛脫
好痛苦啊!!
加上不能鍛鍊肌力，所以連健身房也NG
這對於已經愛上做運動的我來說簡直是一大煎熬…
我們去上健身房嘛
哀求—
我也想去啊!!
可是不能去嘛!!
於是我逐漸不去進行療程了…
今天我去了健身房—
不知道耶

所以呢？
這就是你只去上了五次療程的理由…
嗯…
一次療程可是要花三萬兩千日圓耶
這都可以讓我去好幾次高級燒肉店了…
對不起啦…
慌張
慌張
不過減肥本來就沒有捷徑啦
嗯
嗯
一副心有戚戚焉的樣子…
結果這一個月內
體重 —0.9公斤
大腿 —3公分
小腿 —2.1公分
腳踝 —0.4公分
我的燒烤啊…
我的「輕鬆瘦身」之夢就這樣粉碎了…
哐噹
啪啦
輕鬆瘦身
哐噹
而推薦我來這家全身美容中心的友人…
我花了50萬日幣才瘦了200公克…
這個更誇張

我該相信誰？

在健身房
鍛鍊肌肉每天要喝足2公升水
在全身美容中心
不能運動怕會長肌肉，每天喝水不超過1公升
我到底
該怎麼做啊
正面就聽健身房的，反面就聽全身美容中心的
丟
還是根據體質找出最適合的方法吧。

周遭的聲援
剛瘦下5公斤時
我說老姊啊！
迅速
老妹簡直像噴射機似的飛奔來找我
你變瘦了耶——!!!
感動
感動
老妹說
雖然手臂沒什麼改變，但臉和大腿完全和以前不同了耶！
滔滔不絕
興奮
難道我之前是
這副德行嗎!?
糟糕
糟糕
胖成這樣
雙下巴
太好了，老姊♡
閃閃
發光
嗯…對啊…

同時我男友也很驚訝
唷？你變瘦了？
呵呵
可是手臂還是很粗啊
蝴蝶袖？
哇—
幹嘛多加那一句
笨蛋—
這兩個人在我剛瘦了4公斤時根本毫無反應
有嗎？
〈減下4公斤〉
喂，我有變瘦吧？有吧有吧？
也不過比之前多瘦了1公斤？
你變瘦了—
瘦了5公斤時大家卻突然都有感覺了，這區區1公斤威力還真大呀
回到好久不見的老家，來車站接我的老媽
你是志帆？
我回來了—♡
!!
別這麼大聲嚷嚷啦
你瘦了耶，好像變了個人似的——！
好害羞喔!!

話雖如此，我還是開心極了……！
才兩個月不見，變化竟然這麼大……！
熱烈狂賀──!!
擺pose
啊，有電話
嗶嗶嗶……
老媽！老姊變瘦了對吧？
呵
呵
呵
對呀，瘦好多唷，我都不認得了呢─
變得沒以前那麼好笑了
喂喂!!
那邊的兩位小姐!!
瞄
嗯，的確沒以前那麼好笑，變成普通人囉
叔叔也這樣說
喔，瘦了5公斤果然不一樣了
練瑜伽而變柔軟的身體
很不錯唷
不過手臂還是有點胖
叔叔，幹嘛這樣說啦！
這兩條手臂還真是一點也沒變瘦耶…
哈哈哈─

還要繼續…加油喔!!!
吃吧
別客氣
話雖如此，我親愛的家人還是不斷端出各種美食點心來。要不是因為減肥中，我還真想照單全收啊…
志帆♡這很好吃喔，來一點吧？
不行啦奶奶，志帆還在減肥當中！
誘惑超多。
啊，對了，這個超好吃，給你吧—
叔叔！
轉身
真是危機四伏!!
不過老家養的那條狗多羅（13歲的拉布拉多犬）竟然！
聽說成功減肥了6公斤…
呵呵
我輸了…還是你厲害…

催眠療法& NASA開發器具
我去做催眠療法瘦了15公斤
鳥居小姐要不要試試看？
跑去做鍺溫浴兩個月後，那裡的一位工作人員告訴我這個好康的消息
什麼？
15公斤！
人類可以減肥到如此地步!?
催眠…!?
呵呵呵
睡吧ー睡吧ー
怪怪的…光聽名字就覺得很奇怪……
另外還有一種NASA研發的瘦身機器喔♡
你說的NASA是那個NASA嗎？
我…再考慮一下好了—
呵呵…
等你唷ー
催眠…NASA…

竟然還約我一起去…不可能啦，我還不至於要做到那種地步…
太奇怪了—
…
東翻西找
加油喔！這些錢給你
我就等你的報告囉
別忘了拿收據—
我就在這麼莫名其妙的情況下被叫去進行催眠療法&NASA
沒問題嗎…？我還能活著回來嗎…
算了，去看看就知道囉
變得更堅強了

開始催眠療法前先進行諮商
我是諮商師
請問您至今減肥無法成功的理由是什麼？
ㄜ…
我想也許是我到現在還是沒什麼危機意識吧…
就從這樣的問題開始
其實…你是這樣的一個人
沒錯！正是如此！大師您實在太厲害了
簡直就是算命仙!?
就連個性分析也超準
30分鐘後…
你的心靈非常健全…就這樣保持下去吧…原汁原味的你…
大師…
啊～我的心靈得到安慰了…
呵…
來這裡真好…
不過

該做的工作還是得做，我們現在就開始能讓你快點變瘦的催眠療法吧
正經
請坐上椅子
變得真是快啊!!!
戴上耳機
緊張
緊張
浸泡過精油的面紙
治療師的聲音伴隨著輕柔的背景音樂透過耳機傳來。催眠療法正是藉由喚起潛意識的方式，將變瘦的暗示印入腦中
以麥克風說話
據說，在27歲之前，要將暗示印入腦中是比較容易的
來，閉上眼睛…以你習慣的步調來做就好…對，就是這樣…
說話方式很有寶塚味！這樣就更讓人印象深刻了…！
治療師以獨特的說話方式來加強暗示
噗噗噗—

…
進入催眠狀態了。
完全沉浸其中
嗯…你不就只是睡著而已嗎？
虧我還出了6千日圓耶…
原稿
我…哎唷…松永小姐！
你聽我說嘛!!
最後治療師拍拍我的肩把我叫醒…
啪
那感覺不像是睡著後被叫醒，而是像記憶整個被抽離掉！
我自己也嚇了一大跳呢!!
所以我現在好像處在喪失記憶的狀態…
什麼!?
這麼說來，我是爲了什麼要減肥啊？
記憶怎麼…
敗給你了…還有咧？那個NASA又是怎麼回事啊？

那個 我也試過了唷！
做完催眠療法後，我被帶到某個房間，裡面有個沙發
NASA開發!! 身心解壓機!!
怎麼一個比一個奇怪…那個膠囊是啥東西啊…
這真的是NASA研發的嗎…
這機器會發出α波，請戴上這個太陽眼鏡再進去—
整個人看起來超古怪的…！
什麼東西啊!!
準備好之後我穿著衣服進入膠囊裡，不久膠囊開始微微震動了起來
ㄟ？怎麼回事？
噗—嗯
感覺好像來電震動中的手機喔～
哇哈哈哈
還真是閒哩

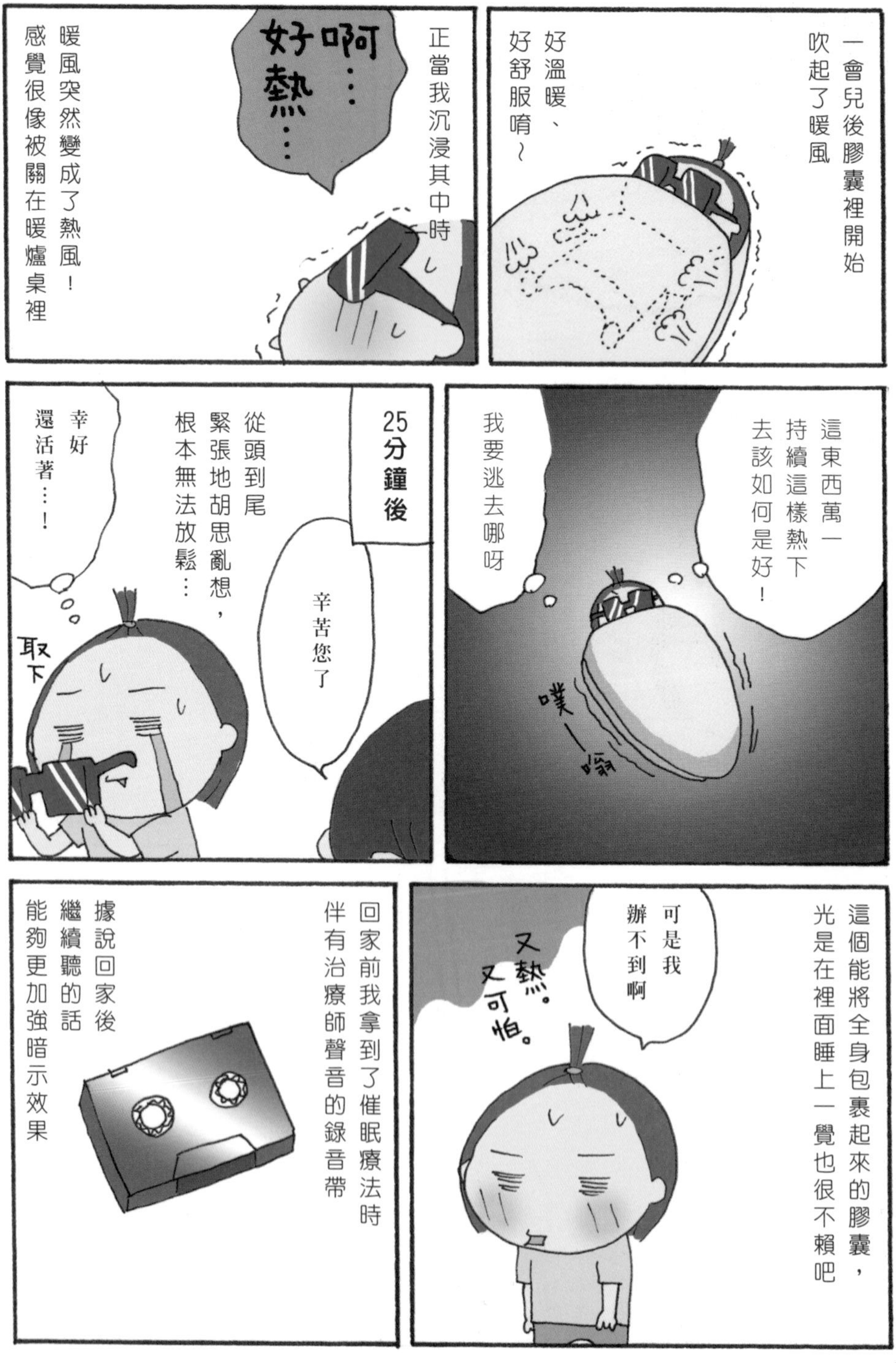
一會兒後膠囊裡開始吹起了暖風
好溫暖、好舒服唷～
正當我沉浸其中時
啊…好熱…
暖風突然變成了熱風！
感覺很像被關在暖爐桌裡
這東西萬一持續這樣熱下去該如何是好！
我要逃去哪呀
噗—嗡
25分鐘後
從頭到尾緊張地胡思亂想，根本無法放鬆…
辛苦您了
幸好還活著…！
取下
這個能將全身包裹起來的膠囊，光是在裡面睡上一覺也很不賴吧
可是我辦不到啊
又熱。又可怕。
回家前我拿到了催眠療法時伴有治療師聲音的錄音帶
據說回家後繼續聽的話能夠更加強暗示效果

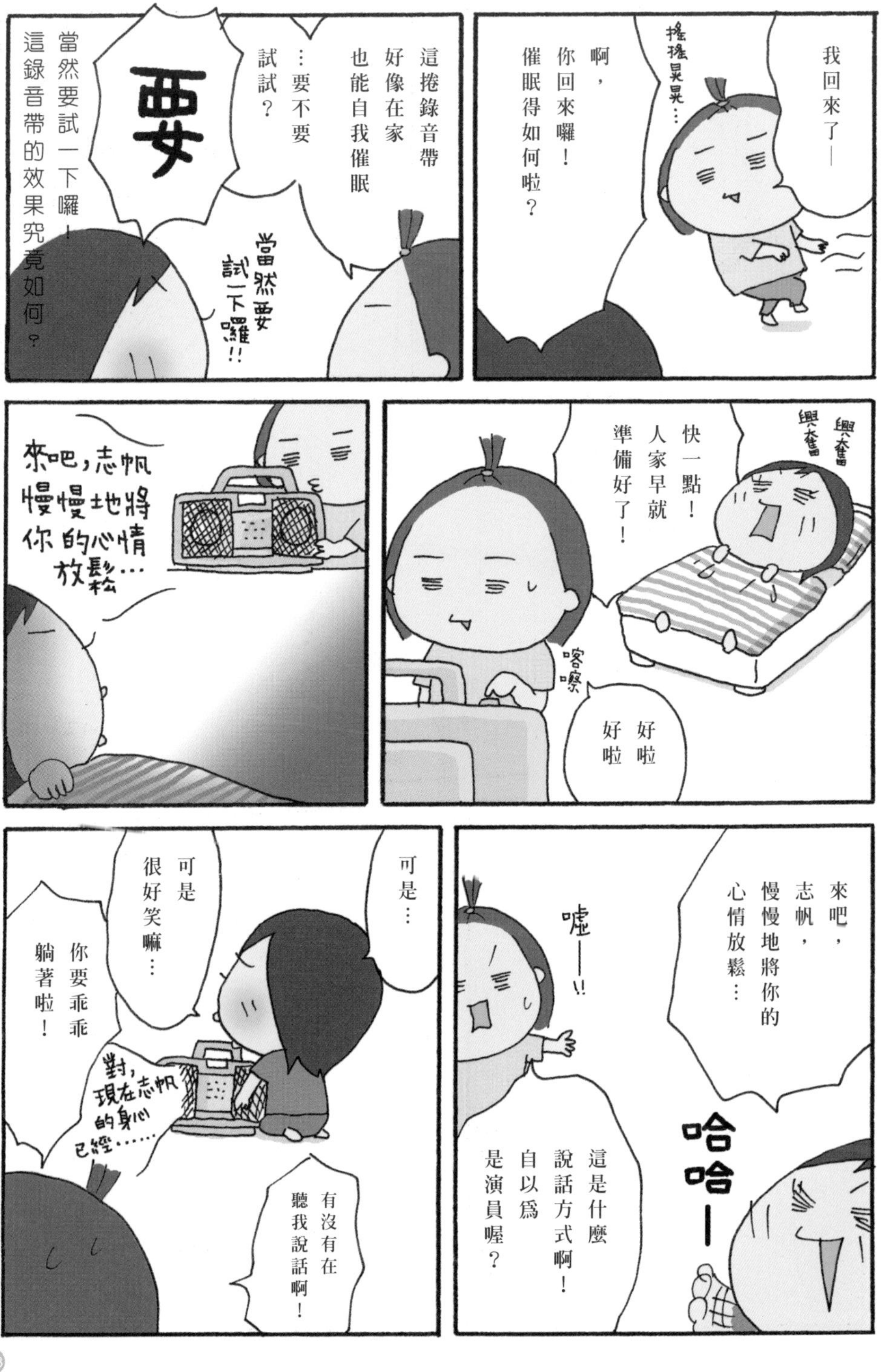
我回來了—
搖搖晃晃…
啊，你回來囉！催眠得如何啦？
這捲錄音帶好像在家也能自我催眠…要不要試試？
要
當然要試一下囉!!
當然要試一下囉！這錄音帶的效果究竟如何？
興奮興奮
快一點！人家早就準備好了！
喀嚓
好啦好啦
來吧，志帆慢慢地將你的心情放鬆…
來吧，志帆，慢慢地將你的心情放鬆…
噓—!!
哈哈—
這是什麼說話方式啊！自以為是演員喔？
可是…
可是很好笑嘛…
你要乖乖躺著啦！
對，現在志帆的身心已經……
有沒有在聽我說話啊！

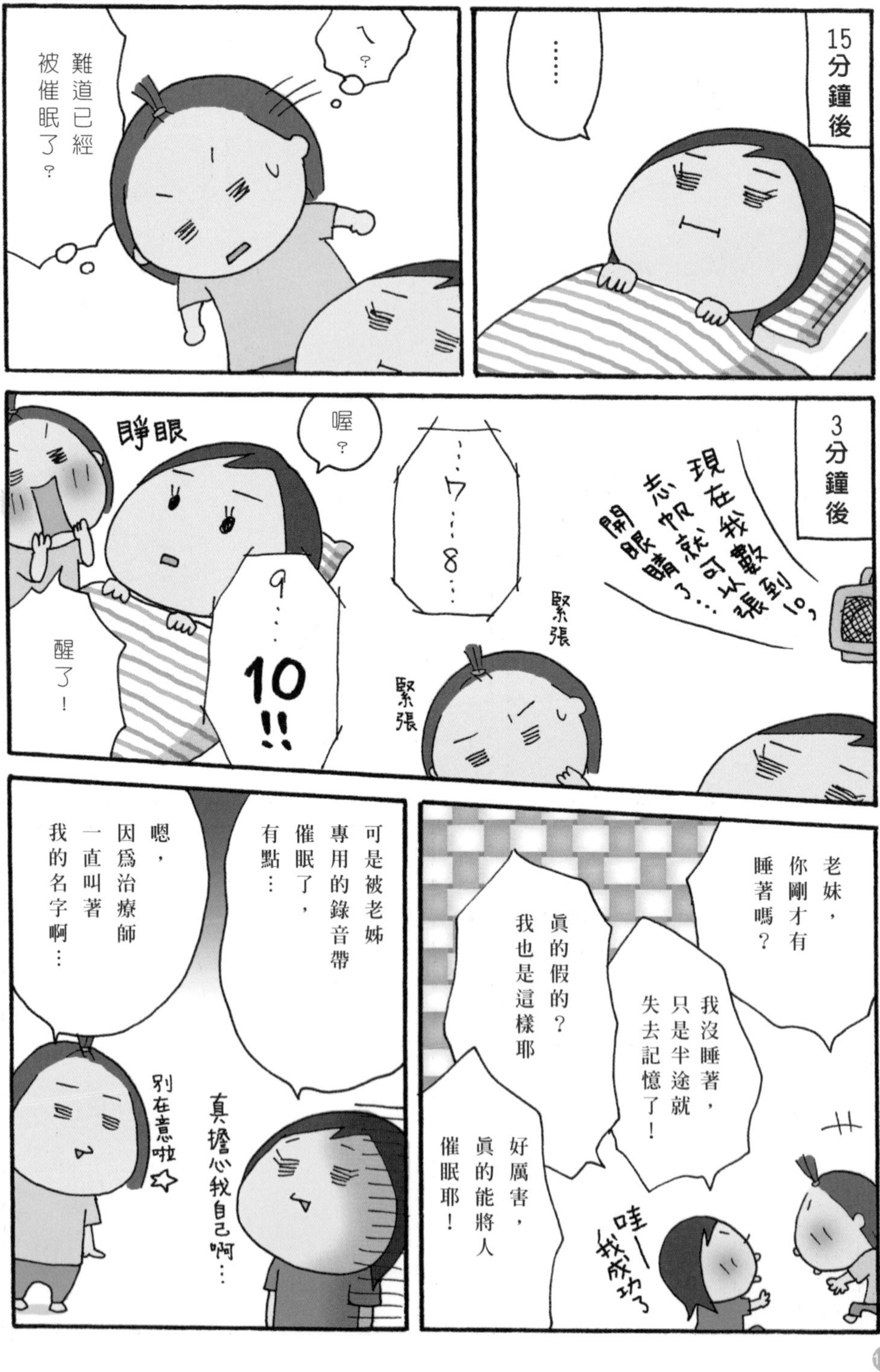
15分鐘後
……
ㄟ？
難道已經被催眠了？
3分鐘後
現在我數到10，志帆就可以張開眼睛了…
緊張
緊張
…7…8…
9…10!!
喔？
睜眼
醒了！
老妹，你剛才有睡著嗎？
我沒睡著，只是半途就失去記憶了！
眞的假的？我也是這樣耶
好厲害，眞的能將人催眠耶！
哇—我成功了
可是被老姊專用的錄音帶催眠了，有點…
嗯，因爲治療師一直叫著我的名字啊…
眞擔心我自己啊…
別在意啦☆

第二次停滯期

骨盤矯正試作療程
你的骨盤
扭曲得很嚴重喔
前去諮商時被院長這樣單刀直入的我……
是喔……
深受打擊！
一開始還滿沮喪的……
我應該堅強起來把骨盤矯正好才對！
可惡！！
把目標放在變成易瘦體質吧！
絕對要變成易瘦體質！
檢查走路方式
你有嚴重的O形腿唷
沒錯，我從念小學的時候
說到O形腿，馬上就會想到志帆
就經常被提到自己的O形腿

請快點幫我
矯正吧
別急!!
首先你得先學學
正確的坐姿和站姿
錯誤的坐姿
....
這些坐姿都會
擴張骨盤造成
身體的歪斜
〈跪坐〉
〈抱腿坐〉
喔喔
〈盤腿坐〉
〈側坐〉
幹嘛
全部NG!!
我以爲抱腿坐
還不錯說，
眞意外

我經常都會像這樣坐著…
這也不行嗎？
不行
這個姿勢不覺得很難坐嗎…？
席地而坐時最好採取把腳打直的「長坐」
或者將腳底併攏的盤坐
呵呵
這才是正確的坐姿！
再來就是站姿！
打一直
你的膝蓋會往後凸，這也正是造成腿部水腫與扭曲的原因！
站立時膝蓋應該稍微放鬆！
好難喔…
好了，該是來矯正的時候了—

所謂骨盤矯正…
啪啦啪啦
或者…
喀啦喀啦
唔…
應該很痛吧…
首先從腳踝開始矯正
哇啊！
出人意料的是竟然像按摩一樣超舒服的
輕壓
輕壓
這樣真的能把歪掉的部分矯正回來嗎？
半信半疑的我身體突然起了變化…
舒～爽
ㄟ⁉
整骨師完全沒碰到我的腹部，但我腹脹感全都消失，十分舒爽，太令我驚訝了
這是因內臟全回到正確的位置了

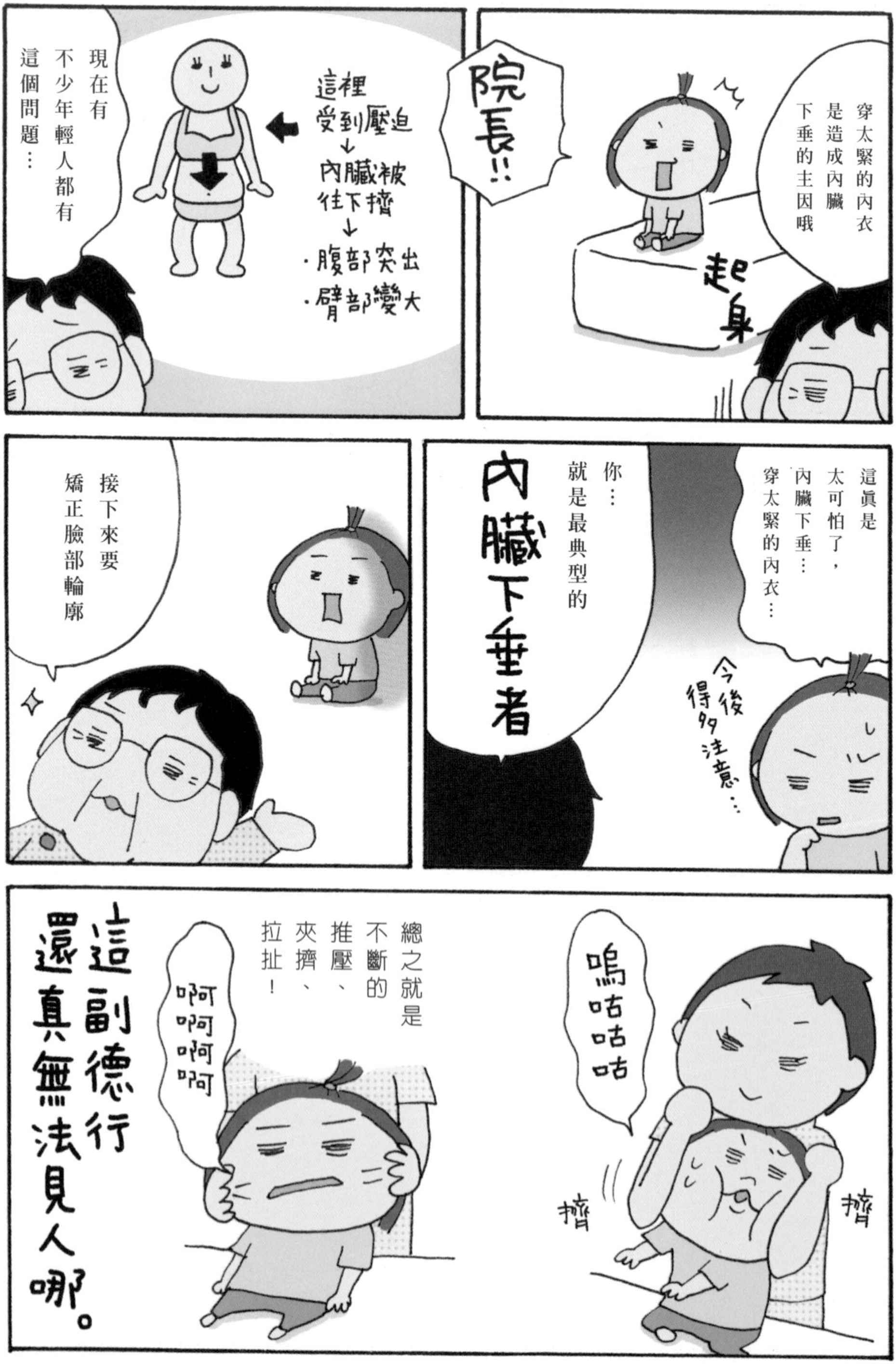

穿太緊的內衣是造成內臟下垂的主因哦
起身
院長!!
這裡受到壓迫
↓
內臟被往下擠
↓
・腹部突出
・臂部變大
現在有不少年輕人都有這個問題…
這眞是太可怕了，內臟下垂…穿太緊的內衣…
今後得多注意…
你…就是最典型的
內臟下垂者
接下來要矯正臉部輪廓
嗚咕咕咕
擠
擠
總之就是不斷的推壓、夾擠、拉扯!
啊啊啊啊
這副德行還真無法見人哪。

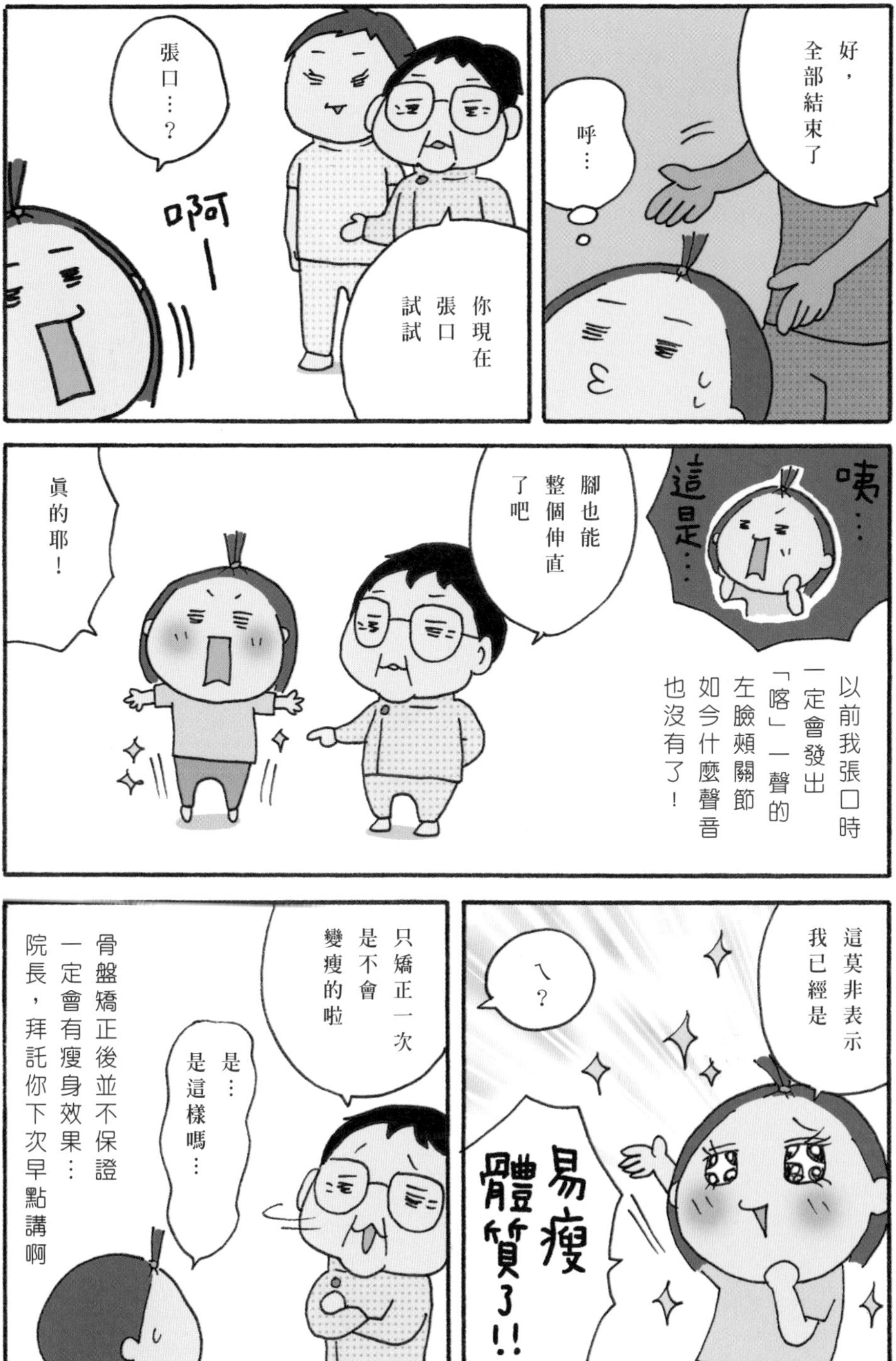
好，全部結束了
呼…
你現在張口試試
啊—
張口…？
咦…
這是…
以前我張口時一定會發出「喀」一聲的左臉頰關節如今什麼聲音也沒有了！
腳也能整個伸直了吧
真的耶！
這莫非表示我已經是
易瘦體質了!!
ㄟ？
只矯正一次是不會變瘦的啦
是…是這樣嗎…
骨盤矯正後並不保證一定會有瘦身效果…院長，拜託你下次早點講啊

第4個月的結果

體重

−5.7 kg
（−0.9）

體脂肪率

−5.0 %
（−1.6）

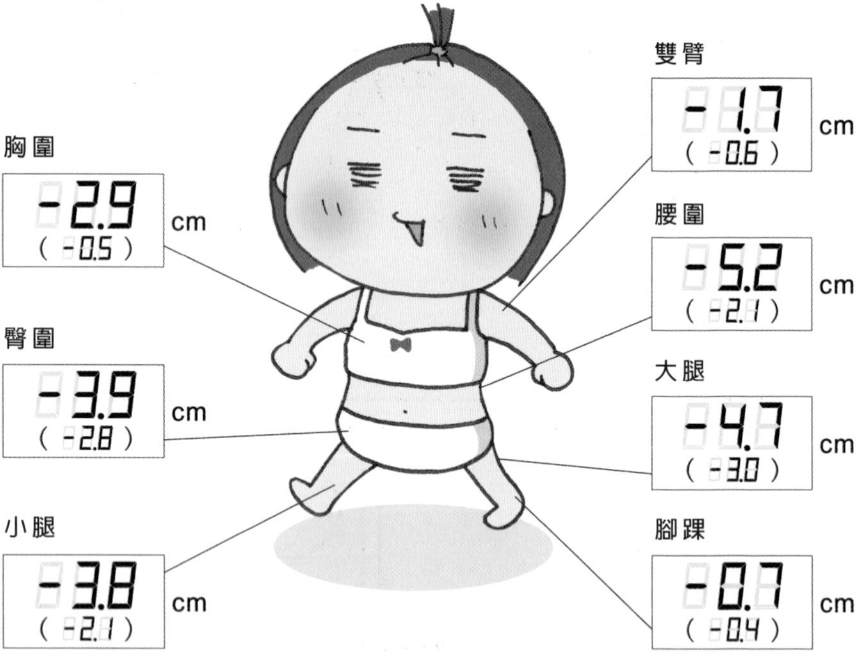

這次體重只少了0.9公斤。不過最令人注目的是下半身的數值。腰圍少了2.1公分、臀圍減了2.8公分、大腿也瘦了3公分！我就是從這時候開始被看出來有變瘦的。只剩一個月了。加油啊！

瘦身第5個月

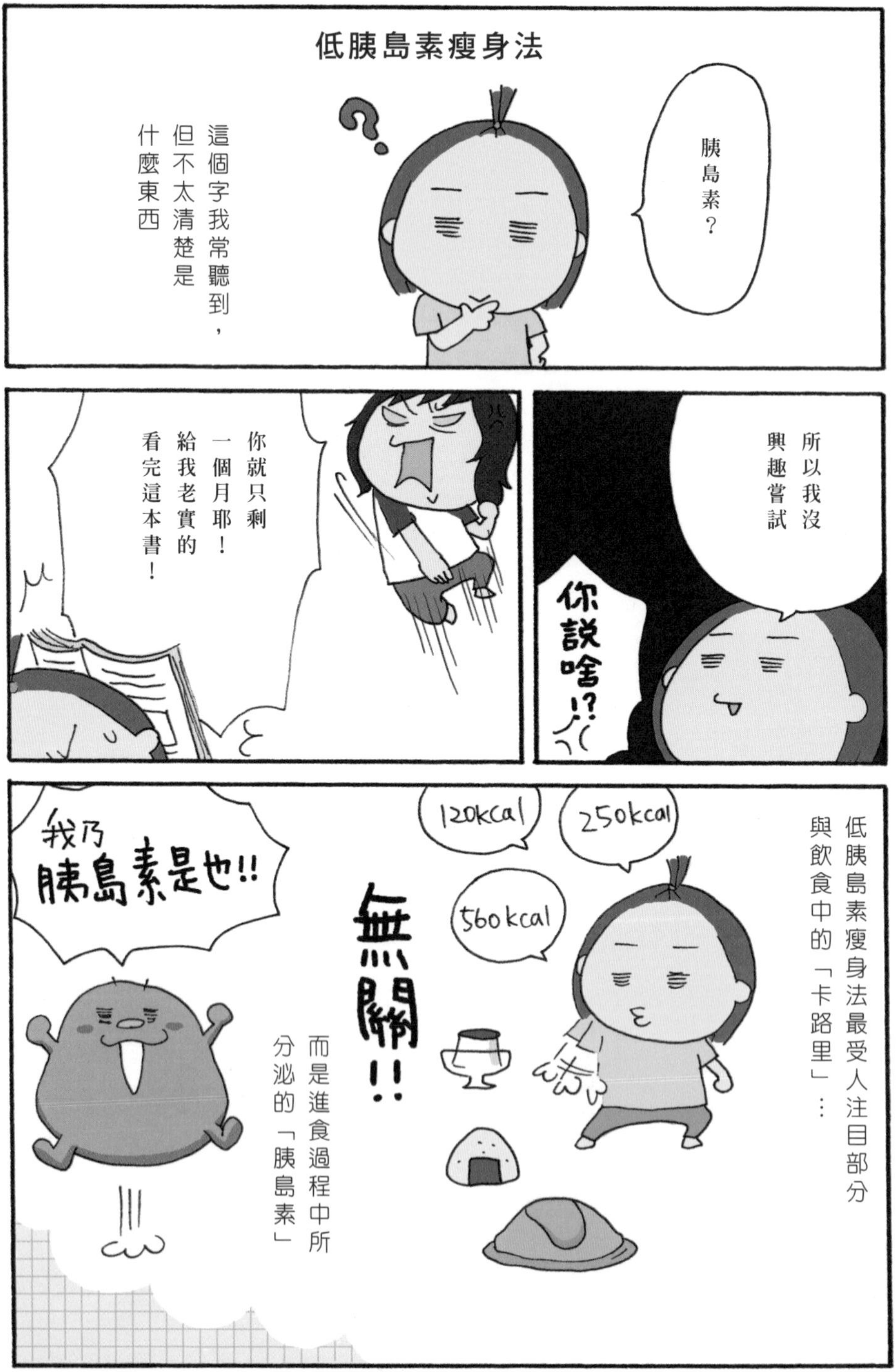
低胰島素瘦身法
胰島素？
這個字我常聽到，但不太清楚是什麼東西
所以我沒興趣嘗試
你說啥!?
你就只剩一個月耶！給我老實的看完這本書！
低胰島素瘦身法最受人注目部分與飲食中的「卡路里」…
250kcal
120kcal
560kcal
無關!!
而是進食過程中所分泌的「胰島素」
我乃胰島素是也!!

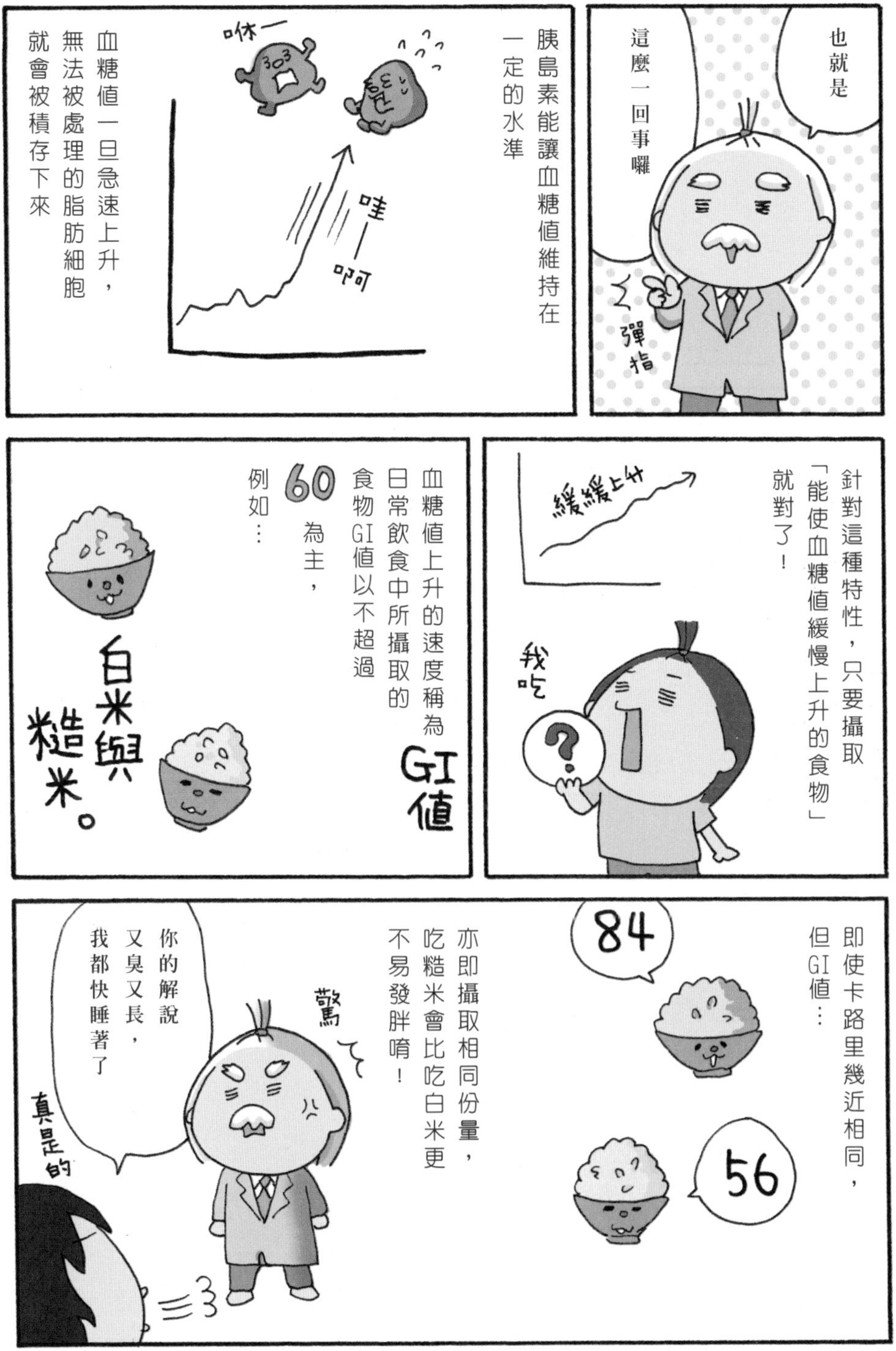

也就是
這麼一回事囉
彈指
胰島素能讓血糖值維持在一定的水準
咻—
哇—呵
血糖值一旦急速上升，無法被處理的脂肪細胞就會被積存下來
針對這種特性，只要攝取「能使血糖值緩慢上升的食物」就對了！
緩緩上升
我吃
血糖值上升的速度稱為GI值
日常飲食中所攝取的食物GI值以不超過60為主，例如……
白米與糙米。
即使卡路里幾近相同，但GI值…
84
56
亦即攝取相同份量，吃糙米會比吃白米更不易發胖唷！
驚
你的解說又臭又長，我都快睡著了
真是的

有卡路里限制的瘦身法…
・會因能量不足而無法持久
・肌肉變瘦造成體力不足
・容易復胖
・基礎代謝低下
哇—
出現了，基礎代謝！
這就是GI值嗎…
GI值&卡路里表
食品
GI值
卡路里
白米
糙米
稀飯
年糕
紅豆飯
84
56
57
85
77
83
356
350
71
235
189
316
344
糟糕糟糕…看了這些數字
昏眩
突然頭暈了起來…
啊
我根本背不下來！不行啦！我不想做這個啦—
啪
揮
揮
沒人叫你背下來啊…你看，只要這麼做…
很好看唷～
……
套上
對吧!!

這種瘦身法沒有嚴格的飲食限制，想外食或吃零食也都OK，最適合鳥居小姐這個愛吃鬼囉
好，我做。
請多多指教了
這傢伙真是好騙啊！
呵呵——
至今已經瘦了5.8公斤…就靠這個達成瘦身7公斤的目標吧…！
拚了——
我又覺得衝勁十足囉！
這張表我會把它全部背下來的！
……
謝謝你告訴我這麼棒的瘦身法唷！
我便如此展開了「低胰島素瘦身法」…
……

一開始時飲食方面真的非常自由
松永小姐沒有騙我耶…
我還曾經稍微懷疑過呢
吃這個好了…啊，那個還有那邊的也不錯
太棒了——
開心
開心
POTATO
喂，真的可以吃嗎？你要不要再看一下表確認啊？
現在我不必看那張表也知道哪些食物屬於低GI值了
關於GI值我什麼都知道唷！
不需要這張表囉!!
GI值&卡路里表
老實說我也開始進行低胰島素瘦身法了
變胖了
呵呵，松永小姐也開始囉？
誰叫你以前要那樣大吃大喝
我們開始吃午餐吧
好
什麼啊——
緊張不安
那樣大吃怎麼可能變瘦啦！
連松永小姐也…還有誰可以來管一下啊！
※即使是低GI值食品，吃太多還是會變胖唷

低胰島素瘦身法的重點

· 食量與平常相同即可
· 謹守「碳水化合物6：脂肪2：蛋白質2」的比例
· 攝取高GI值食物時請與「纖維質」、「乳製品」、「醋漬物」一併攝取
· 飯後3小時才可吃甜食
· 硬的食物優於軟的食物。冷的食物優於溫的食物。
（即使是相同食材，軟的或溫的食物更容易引起血糖值上升）

半身浴&按摩
開始瘦身時我自己訂了一個規矩
就是「每天都要做半身浴」
現在已經變成我每日功課的半身浴，當初也是花了好長一段時間才養成這習慣
因為…
安靜！
好無聊喔…
於是我速速洗頭洗澡後便離開浴室！
快
俐落
暖
暖
嗯，來看書好了
瘦身法

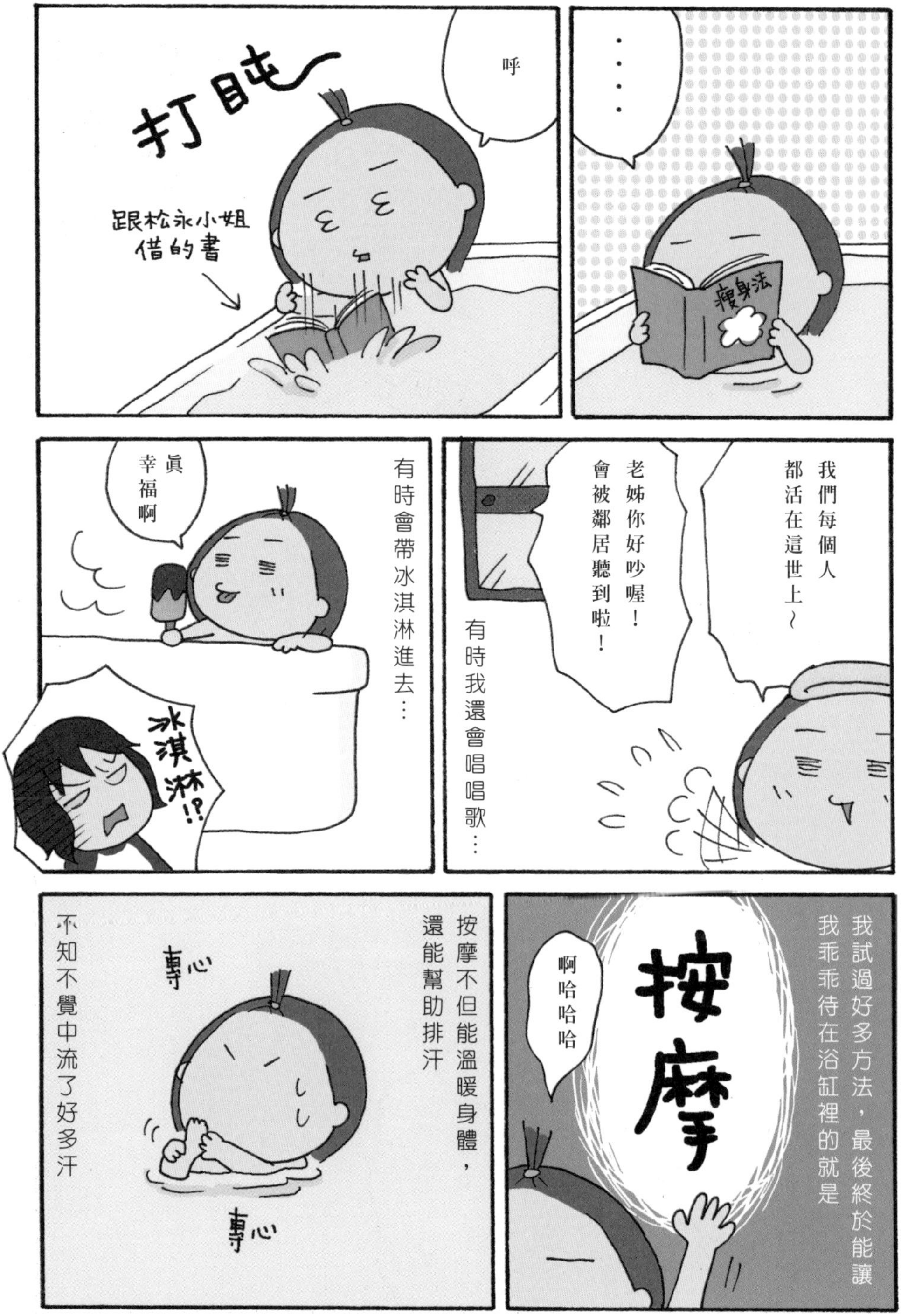

……
瘦身法
呼
打盹~
跟松永小姐借的書
我們每個人都活在這世上~
老姊你好吵喔！會被鄰居聽到啦！
有時我還會唱唱歌…
有時會帶冰淇淋進去…
真幸福啊
冰淇淋!?
我試過好多方法，最後終於能讓我乖乖待在浴缸裡的就是
按摩
啊哈哈哈
按摩不但能溫暖身體，還能幫助排汗
專心
專心
不知不覺中流了好多汗

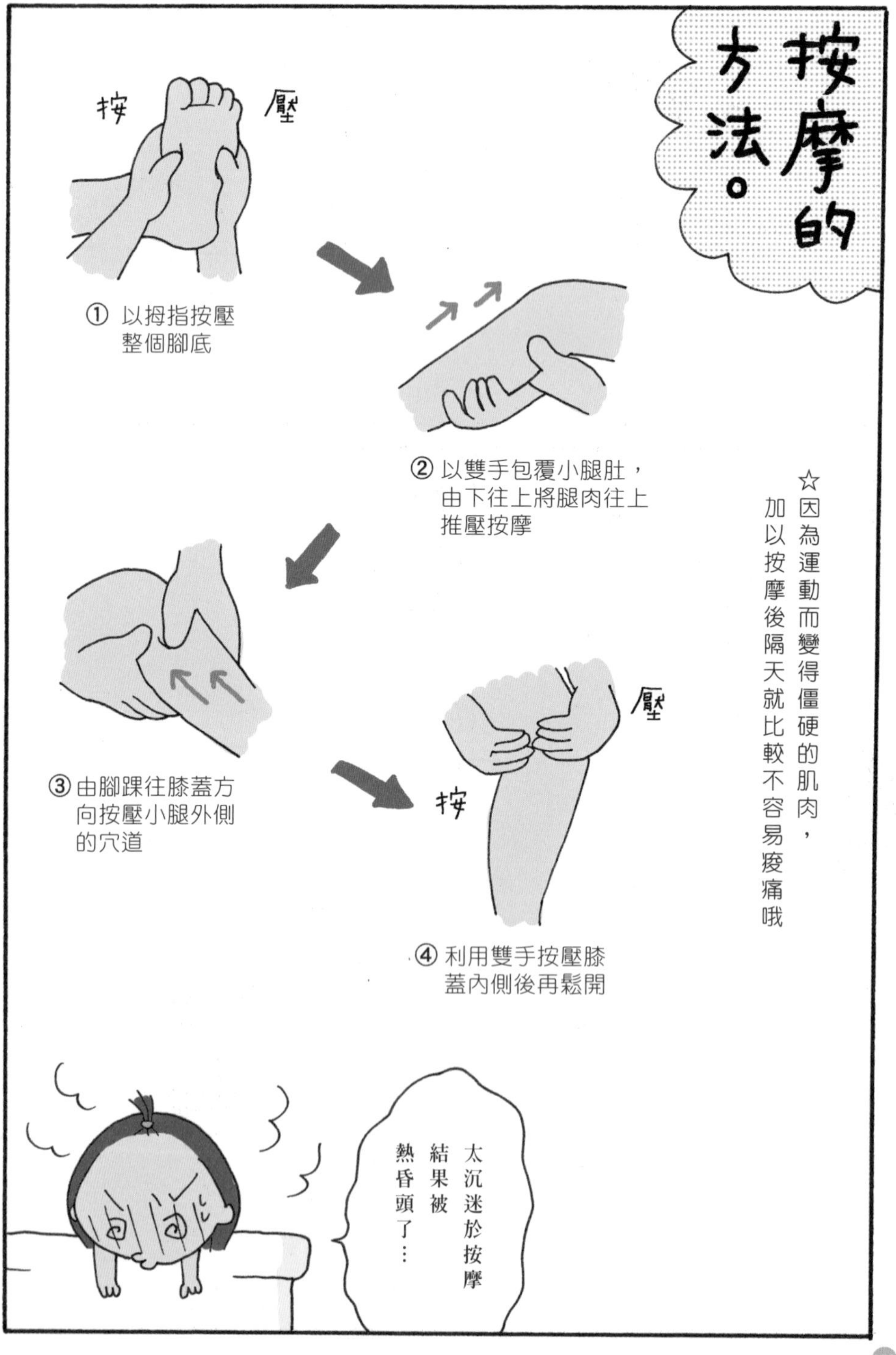
按摩的方法。
按
壓
① 以拇指按壓整個腳底
② 以雙手包覆小腿肚，由下往上將腿肉往上推壓按摩
③ 由腳踝往膝蓋方向按壓小腿外側的穴道
壓
按
④ 利用雙手按壓膝蓋內側後再鬆開
☆因為運動而變得僵硬的肌肉，加以按摩後隔天就比較不容易痠痛哦
太沉迷於按摩結果被熱昏頭了…

我還因爲這樣昏倒在浴室裡呢…
也沒必要做到這種地步吧…泡澡後再按摩也行啊
呵呵…
可是出了浴缸再按摩的話摩擦時會痛耶…
盯
…
眞拿你沒辦法，買一罐按摩膠給你好了…
眞的嗎？
你這傢伙眞麻煩…就只知道花我的錢…
打開
哇，眞幸運
於是我順利獲得了按摩膠
Massage GEL
感覺好像塗了就會變瘦呢
少在那裡做白日夢了，快給我老老實實的仔細按摩！
我們…眞的是好朋友…唷
救命啊—
捏
壓
好痛啊—!!

How to 半身浴

這個瘦身法就連全宇宙最怕麻煩的我也能持續進行下去唷。
泡澡20分鐘大概能消耗100卡路里。在浴缸裡加一些喜歡的精油，
放鬆減壓效果就更好囉。

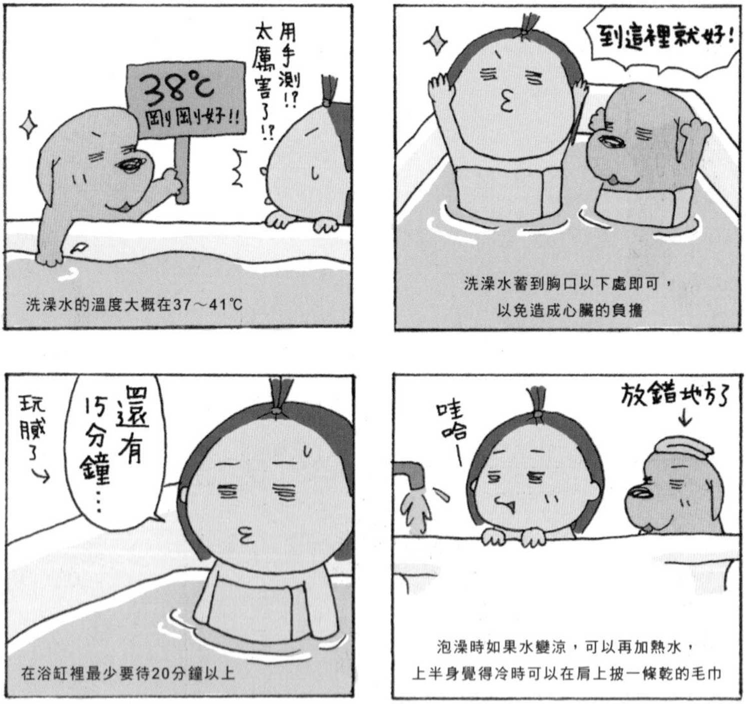
38℃
剛剛好!!
用手測!?
太厲害了!?
洗澡水的溫度大概在37～41℃
到這裡就好!
洗澡水蓄到胸口以下處即可，
以免造成心臟的負擔
還有15分鐘…
玩膩了
在浴缸裡最少要待20分鐘以上
哇哈—
放錯地方了
泡澡時如果水變涼，可以再加熱水，
上半身覺得冷時可以在肩上披一條乾的毛巾

最後一搏…

有點歇斯底里地
在家走來走去。

氣功&太極拳
穿著印有水彩風熊貓T恤的
教練出現在我眼前
我是新井，請多指教
這傢伙看起來怪怪的…
既然他是教練，也許真的有兩把刷子…
我們會信賴與跟隨您的，新井教練！
教室裡流轉著中國風的音樂
是治療系的音樂耶
想睡囉…
呼－
首先來練習
虎爪
虎!?

就像這樣
氣功裡有不少模仿動物的動作，將這些動作組合起來緩緩運行
吼—
像這樣嗎？
除了老虎還有其他這些…
吱
〈猴〉
〈鹿〉
咕嚕咕嚕
〈貓〉
等等
練氣功可以促進新陳代謝唷…
新陳代謝！
對這個詞特別敏感→
此外還能維持身心平衡，抑制過盛的食慾
又在吃了！快去練氣功！
大吃大喝

此外還有必須與動作相配合的「呼吸」
事實上這是最困難的一部分
吸氣—
吐氣—
「深沈、平靜、細慢、綿長、均一」
基本上由鼻吸氣、從口吐氣
吸
吸氣時嘴角往上揚類似微笑的模樣
練氣功時腦中老是浮現成龍的身影！
啊—這個動作！成龍也做過耶
成龍的頭號粉絲
於是我練氣功的興致就更高了
明明沒有做任何激烈動作，結束時卻是滿身大汗
流了滿身汗—
好熱—
減肥？
試試看太極拳吧？它的武術動作比氣功更多，強烈推薦你參加唷！
對瘦大腿特別有效—
我要參加!!

隔天
今天穿的是龍圖案T恤！旁邊還有開衩呢！
練太極拳必須持續紮馬步，所以大腿很容易變瘦～
新井教練這樣告訴我…
這個…一定有效…！
和氣功相同，太極拳也很注重呼吸吐納
老姊，換氣，快換氣！
…唔！
小心別因為太專注於動作而忘記換氣喔
我對太極拳的印象是中國的老人每天都會在公園裡做的一種運動…
太極拳真不簡單啊！
哇喝喝…
中國的老人實在很厲害…
不愧是孕育出成龍的地方！

新井教練，你不教我們練醉拳嗎？
興致勃勃
啊 我個人是沒有練啦～
不過那可是我師父的強項喔
師…
師父…!!
嗝
新井教練果然怪怪的…
啦啦♪
為了多體會當成龍的滋味，我每星期都會練一堂課
開始有模有樣了
松永小姐，瞧瞧我練太極拳的成果！
喝啊!!
嗝～
酒
這就是正宗的醉拳吧…

開始瘦身後的第136天

終於成功減肥7公斤的當天
我高興得不得了，於是開心的大吃大喝…

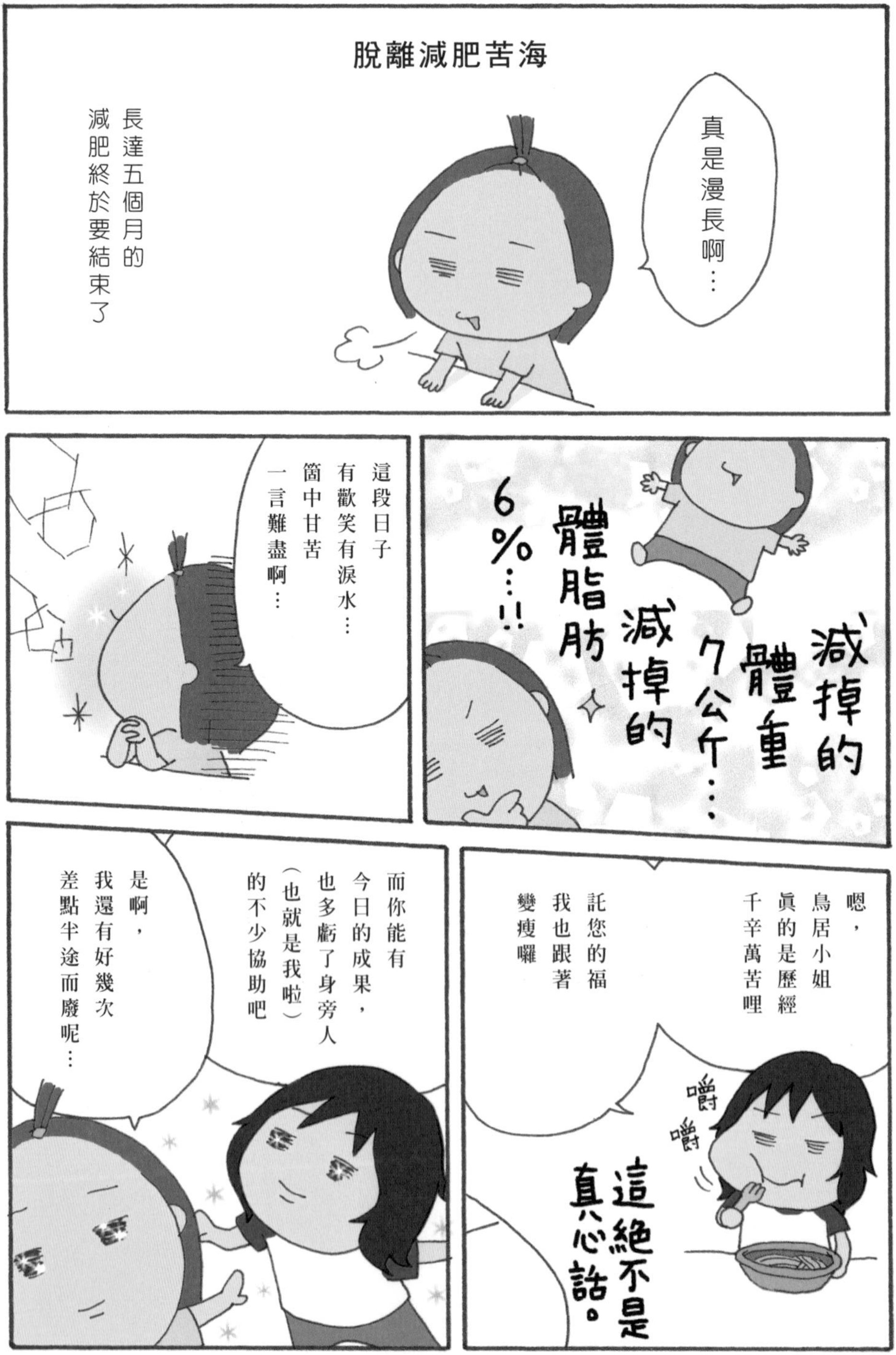
脱離減肥苦海
真是漫長啊…
長達五個月的減肥終於要結束了
減掉的體重7公斤…
減掉的體脂肪6%…!!
這段日子有歡笑有淚水…
箇中甘苦一言難盡啊…
嗯，鳥居小姐真的是歷經千辛萬苦哩
託您的福我也跟著變瘦囉
嚼嚼
這絕不是真心話。
而你能有今日的成果，也多虧了身旁人（也就是我啦）的不少協助吧
是啊，我還有好幾次差點半途而廢呢…

最令我痛苦的就是與食慾的拉鋸戰
喀滋喀滋
看著同屋簷下的老妹大口吃喝的模樣簡直有如身處地獄啊
衣櫃
喀滋喀滋
但後來人家就躲在老姊看不到的地方吃東西了呀
在哪裡啊？
老妹！
覺得自己快撐不下去的時候就上健身房…
喝啊…
或者泡半身浴…
就靠著這些方法克服關卡
健身房裡有很多一起減肥的同伴，能讓我得到精神上的激勵
還因此交了不少朋友喔
當初家門口正對面開了一家便利商店時我還眞是煩惱哩…
恰好就在我剛開始減肥開幕哩…
嗯…當時我也覺得好危險啊…

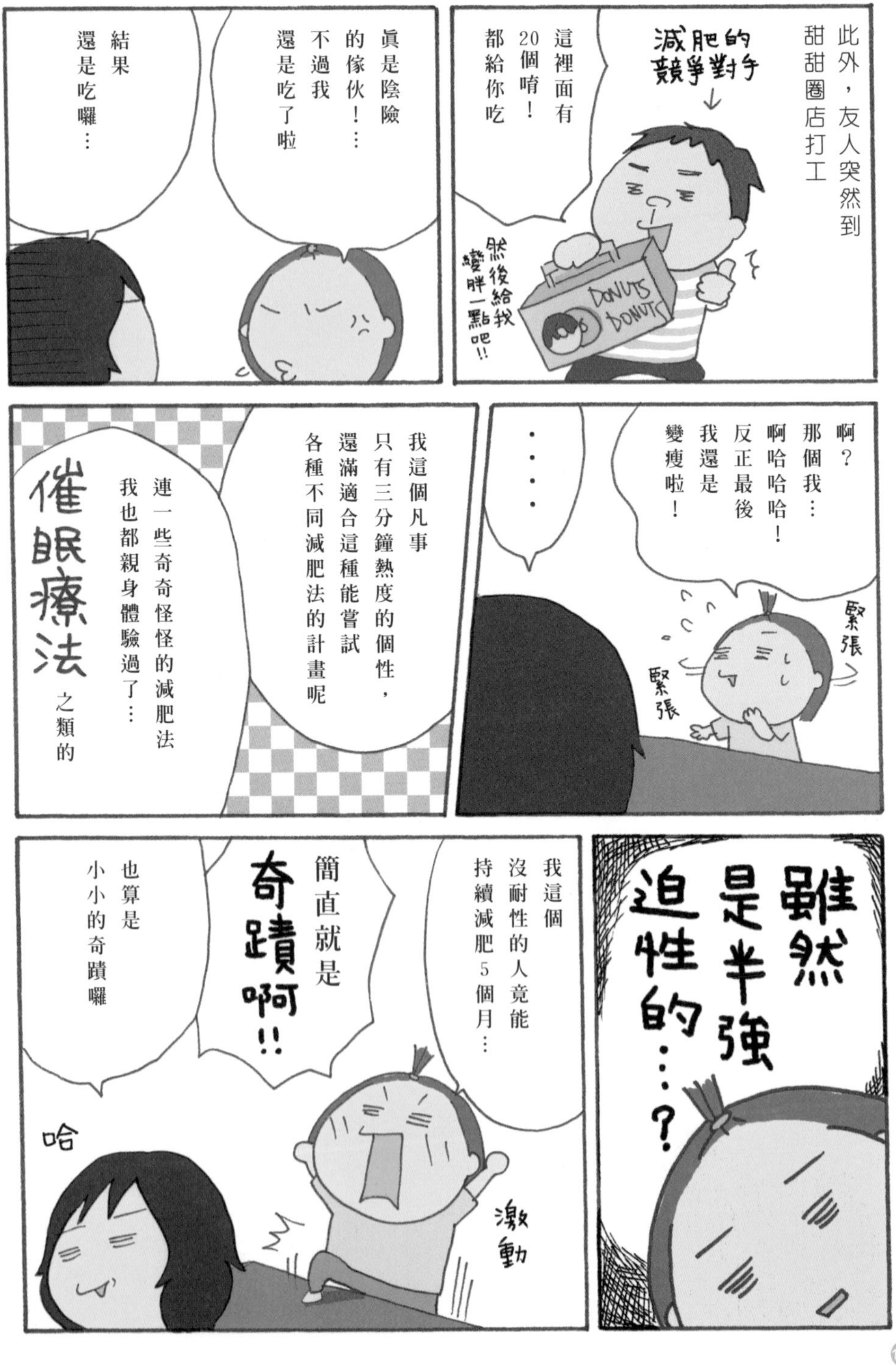

此外，友人突然到甜甜圈店打工
減肥的競爭對手
這裡面有20個唷！都給你吃
然後給我變胖一點吧!!
DONUTS DONUTS
眞是陰險的傢伙！…不過我還是吃了啦
結果還是吃囉…
啊？那個我…啊哈哈哈！反正最後我還是變瘦啦！
緊張
緊張
……
我這個凡事只有三分鐘熱度的個性，還滿適合這種能嘗試各種不同減肥法的計畫呢
連一些奇奇怪怪的減肥法我也都親身體驗過了…
催眠療法
之類的
雖然是半強迫性的…？
我這個沒耐性的人竟能持續減肥5個月…
簡直就是奇蹟啊!!
也算是小小的奇蹟囉
哈
激動

隨口問一下喔
變瘦之後生活上有什麼改變嗎？
嚼
嚼
我現在完全不會畏寒了
你看暖呼呼的耶
衣服穿的size也不一樣了
哦—不愧瘦了7公斤，連衣服的size也變了呢
不必把腿伸出來吧收回去啦
既然變瘦了那就再來一份聖代吧！
喔耶!!
喂喂！你點了什麼啊！
那個只有我能吃!!
終於不必再減肥囉—
啦啦
啊呵呵
要給我維持住這個體重哦！
7公斤～
7公斤耶！
聽見沒！聽見沒！
算了，隨便你…萬一復胖你就等著二度減肥吧…
哼
!!
我也要一份聖代!!
5個月胖了3公斤

第5個月的結果

體重

-7.1 kg
(-1.4)

體脂肪率

-6.0 %
(-1.0)

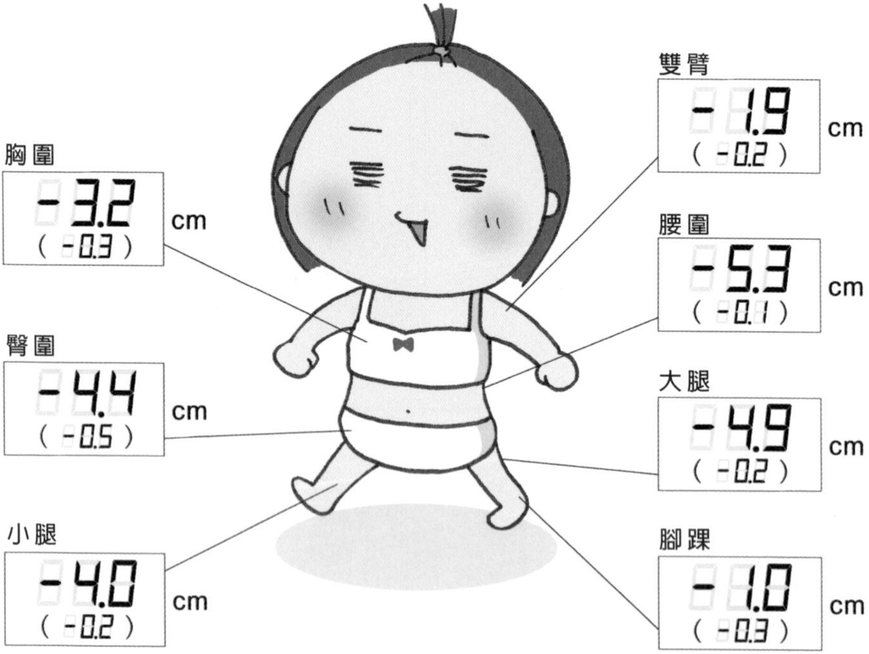

長達5個月的減肥計畫終於結束，體重與脂肪率也達到預定目標了！雖然所有部位的size無法全數達成目標，但我還是非常滿意這次的結果唷！不曉得這個成果能維持多久啊……！

考察「到底哪種瘦身法最好」？

5個月來嘗試過各種瘦身法之後，我終於明白了一件事。那就是：「薑汁紅茶」、「半身浴」、「鍺溫浴」、「熱瑜伽」等等〈能使身體變溫暖的瘦身法〉是最適合我個人體質的瘦身法。

以前我的身體偏寒性，很容易水腫，動不動就覺得貧血發作⋯，即使做運動也很少流汗。

自從我習慣了〈能使身體變溫暖的瘦身法〉之後，不但變得容易排汗，水腫情況也減少了，看來那個長年絆住我身體的畏寒緊箍咒似乎是完全解開了。

如果能早點認識這些瘦身法就好了！

新陳代謝好的人若是配合運動，瘦身效果可就更上一層樓囉。拚命運動卻瘦不下去的人，或許可以試試能提高新陳代謝的瘦身方法！

超主觀！　各種瘦身法評估表

我把嘗試過的各種瘦身法根據「易瘦度」、「即效性」、「接受度」以星星數分等級，最高分是五顆星。

「易瘦度」是指瘦身效果的優劣、「即效性」是指能否短時間內達成瘦身目的、「接受度」則是費用上的負擔越少或者做法越簡單者星星數越多。

不過這些都是我個人的評價。由於個人體質與目前體重也會影響評價的高低，因此本評價表僅供讀者參考唷。

瘦身法	易瘦度	即效性	接受度
NASA開發器具	★★☆☆☆	★★☆☆☆	★★☆☆☆
受到「NASA」這幾個字所吸引的好像不只有我呢。果真是四海之內皆兄弟啊！			
健走	★★★★☆	★★☆☆☆	★★★★★
動作雖然單純，但必須具備超強的持續力。效果當然也是很驚人囉。			
有氧飛輪	★★★★☆	★★★☆☆	★★★☆☆
附有電視機的有氧飛輪騎起來就不會覺得無聊了。不過節目看到一半課程就結束時還真令人扼腕呀。			
有氧舞蹈	★★★★☆	★★★☆☆	★★★☆☆
雖然滿累人的，但結束後保證讓你神清氣爽。光是靠音樂就能讓人脫胎換骨呀。			
全身美容	★★★☆☆	★★★☆☆	★☆☆☆☆
非常適合有錢人參加。能夠上這種讓人身心皆能放鬆的地方當然是很好啦…。			
叶恭子的BODY MAKING	★★★☆☆	★★★☆☆	★★★☆☆
推薦給注重美姿美儀的人。保證讓你煥然一新。恭子小姐可是很嚴謹的唷！			
氣功	★★☆☆☆	★★☆☆☆	★★★☆☆
因為我超愛成龍，因此樂此不疲。不過就算不是成龍迷照樣能樂在其中！我是說真的啦！			
肌力鍛鍊	★★★☆☆	★★★☆☆	★★★★☆
想要結實手臂、大腿的人一定要練這個。練完之後別忘了按摩肌肉哦。			
鍺溫浴	★★☆☆☆	★★☆☆☆	★★★☆☆
推薦給平常不太會流汗的人。讓你沉睡已久的汗腺再次活絡起來！			
骨盤矯正	★★☆☆☆	★★☆☆☆	★★★☆☆
不妨多利用試用課程檢測自己的骨盤是否有歪斜？			
催眠療法	測定不可能	測定不可能	★★☆☆☆
完完全全的未知數。膽子大的人不妨試試。說不定因此開啟了一個新世界哦…！			

瘦身法	易瘦度	即效性	接受度
薑汁紅茶	★★☆☆☆	★☆☆☆☆	★★★★★
非常容易上手的入門級瘦身法。怕冷的人不妨一試。			
游泳（自由式）	★★★★★	★★★★☆	★★★☆☆
由於身體必須扭轉，瘦身效果超強！可惜滿累人的，算是小小缺憾囉。			
游泳（蛙式）	★★★★☆	★★★☆☆	★★★☆☆
一個禮拜大概游兩次，每次30～40分鐘。練習一個月左右大概就能上手了。如果你不會玩膩的話啦…。			
水中有氧舞蹈	★★★★☆	★★★☆☆	★★★☆☆
如果在水裡做運動有困難的話，可以試著改做水中漫步。			
太極拳	★★☆☆☆	★★☆☆☆	★★★☆☆
比氣功更有成龍味哦。認真練的話會覺得自己越來越帥氣哩。			
洗腸	★☆☆☆☆	★☆☆☆☆	★★☆☆☆
我個人是無法接受啦（怎麼會這樣呢……？）。對於有宿便問題的人或許效果不錯吧。			
低胰島素瘦身法	★★★☆☆	★★★☆☆	★★★★★
對愛吃米飯、麵條、麵包的人來說可是一大折磨唷。我本人就是如此。我愛碳水化合物啦！			
抗力球	★★★☆☆	★★★☆☆	★★★★☆
想要隨心所欲的控制抗力球唯有靠不斷的練習。總有一天你也可以站在球上的！			
半身浴	★★☆☆☆	★★☆☆☆	★★★★★
善用精油還能增強放鬆效果喔。能夠消除一整天下來的疲勞。			
BOOCS瘦身食療法	★★★☆☆	★★★☆☆	★★★★★
很輕鬆的瘦身法。我很喜歡這種瘦身法的基本方針。真的很愛唷。			
拳擊運動	★★★★☆	★★★☆☆	★★★☆☆
不但要體力好，還要兼具韻律感才行哦。			
熱瑜伽	★★★☆☆	★★★☆☆	★★★☆☆
覺得普通的瑜伽已經不夠看的人可以試試看。真的很熱。讓人呼吸困難。可是一做就會上癮。			
身體按摩	★☆☆☆☆	★☆☆☆☆	★★★★★
泡完澡之後一邊看電視一邊按摩。可以消除水腫。記得要塗上按摩油或按摩膠喔。			
延壽飲食法	★★★☆☆	★★★☆☆	★★★☆☆
一開始就不必太勉強，從吃糙米的程度開始就行了。			
瑜伽	★★☆☆☆	★★★☆☆	★★★★☆
很多人練了瑜伽之後就欲罷不能。持續的話身體也會變得柔軟唷。			
重整瘦身法	★★★☆☆	★★★★☆	★★★☆☆
不必對這個瘦身法抱持太大的期望，不過它的效果也可能很大就是了。不過對我來說卻……。			

後記

「喂，你是不是變胖啦？」

遇見我的人總是這樣問我，連我自己也覺得「唷，好像真的變胖了耶…」，但卻還是渾噩度日，直到開始寫這本書，這個鴕鳥心態才終於結束。在我的人生裡，從來不曾像這次花長達五個月的時間浸淫在瘦身當中。

停止減肥之後，老實說我真想放聲大喊「減肥實在太痛苦啦～！」不過我這輩子大概還是會不停的努力瘦身吧。

畢竟「隨時隨地保持美麗」是所有女人此生最大的願望啊！

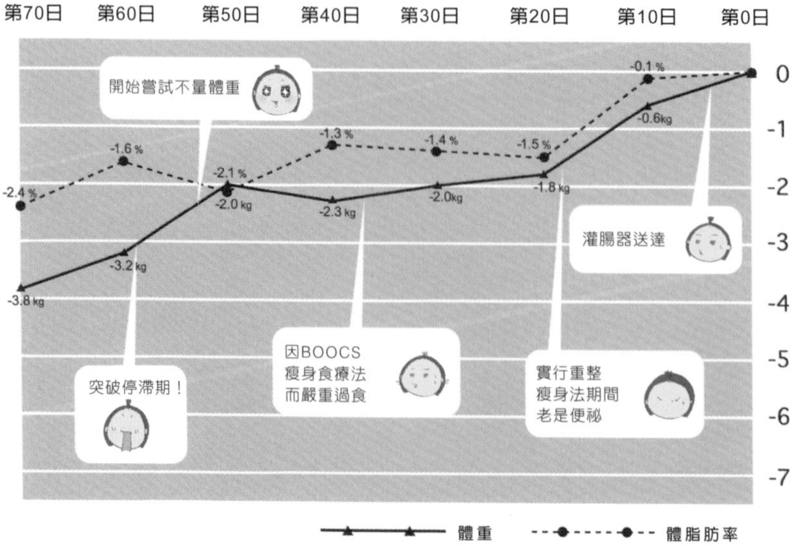

不過，並非「瘦下來就能變漂亮」，而是「與一直無法瘦下去的自己一刀兩斷」的那種自信心能使人蛻變得更美麗。（但為何不是每個人都會因此變漂亮哩？）

對於無怨無悔地陪我一起上健身房的老妹，來自遠方老家搖旗吶喊為我加油的家人，每當我遭遇挫折時總是能體諒並陪伴在我身邊的男友，嘴上說「志帆不像會減肥的人啊」卻還是不停鼓勵我的好友們，以及五個月來當我的靠山、嚴厲中不忘適時對我投以關愛眼神的責任編輯松永小姐，當然還有看完本書的諸位讀者，真的非常非常感謝你們。

我會為維持這個體重而努力的…我會盡量啦！

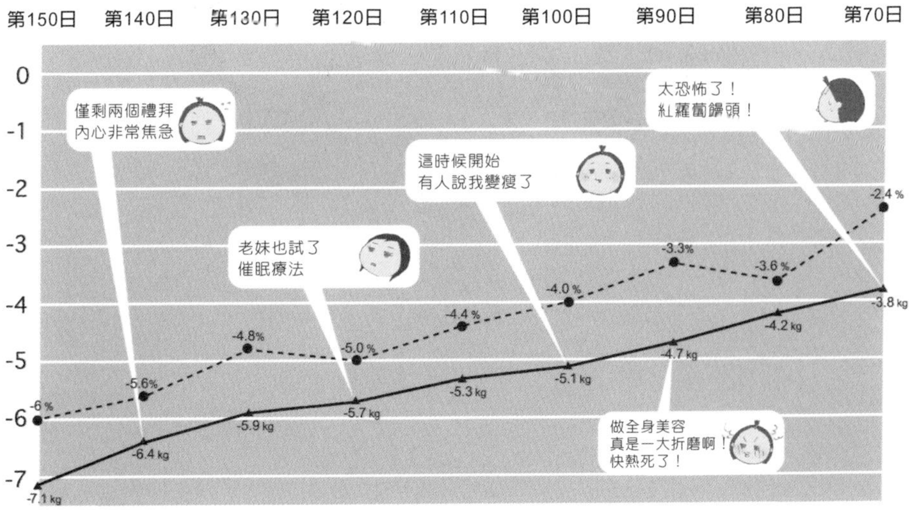

所有幫助過我的人，
謝謝你們!!
到這裡才
首次登場
的老爸

Titan 044

有人叫我瘦7公斤!

作者：烏居志帆
譯者：陳怡君
發行人：吳怡芬
出版者：大田出版有限公司
台北市106羅斯福路二段95號4樓之3
E-mail:titan3@ms22.hinet.net
http://www.titan3.com.tw
編輯部專線(02)23696315
傳真(02)23691275
（如果您對本書或本出版公司有任何意見，歡迎來電）
行政院新聞局版台業字第397號
法律顧問：甘龍強律師

總編輯：莊培園
主編：蔡鳳儀　編輯：蔡曉玲
行銷企劃：蔡雨蓁　網路行銷：陳詩韻
美術設計／手寫字：郭怡伶
校對：蘇淑惠／陳佩伶／陳怡君
承製：知己圖書股份有限公司・(04)2358-1803
初版：2008年（民97）八月三十日
定價：新台幣260元

總經銷：知己圖書股份有限公司
（台北公司）台北市106羅斯福路二段95號4樓之3
TEL:(02)23672044・23672047　FAX:(02)23635741
郵政劃撥帳號：15060393
（台中公司）台中市407工業30路1號
TEL:(04)23595819　FAX:(04)23595493

國際書碼：ISBN:978-986-179-097-8 / CIP:861.6 /97012127

廣告回郵
北區郵政管理局登記證北台字1764號
免貼郵票

＊請沿虛線剪下，對摺裝訂寄回，謝謝！

To：**大田出版有限公司　編輯部收**

地址：台北市106羅斯福路二段95號4樓之3
電話：（02）23696315-6　傳真：（02）23691275
E-mail：titan3@ms22.hinet.net

From：地址：……………………

姓名：……………………

送你瘦7公斤減肥貼紙！
大田珍藏版禮物書！

只要在回函卡背面留下正確的姓名、E-mail和聯絡地址，
並寄回大田出版社，
你有機會得到可愛減肥貼紙（50張），
大田精美的禮物書（2本）！

活動截止日期：2008年11月30日
得獎名單將公布於大田出版會員討論區，請密切注意！
大田會員討論區：http://discuz.titan3.com.tw/index.php
大田日文系部落格：http://blog.pixnet.net/titan3

*請沿虛線剪下，對摺裝訂寄回，謝謝！

閱讀是享樂的原貌，閱讀是隨時隨地可以展開的精神冒險。

因爲你發現了這本書，所以你閱讀了。我們相信你，肯定有許多想法、感受！

讀 者 回 函

你可能是各種年齡、各種職業、各種學校、各種收入的代表，
這些社會身分雖然不重要，但是，我們希望在下一本書中也能找到你。

名字／＿＿＿＿＿＿ **性別**／□女 □男 **出生**／＿＿年＿＿月＿＿日

教育程度／＿＿＿＿＿＿

職業：□ 學生 □ 教師 □ 內勤職員 □ 家庭主婦
□ SOHO族 □ 企業主管 □ 服務業 □ 製造業
□ 醫藥護理 □ 軍警 □ 資訊業 □ 銷售業務
□ 其他＿＿＿＿＿＿

E-mail/＿＿＿＿＿＿ 電話/＿＿＿＿＿＿

聯絡地址:＿＿＿＿＿＿

你如何發現這本書的？ **書名：有人叫我瘦7公斤！**

□書店閒逛時＿＿＿＿書店 □不小心翻到報紙廣告（哪一份報？）＿＿＿＿

□朋友的男朋友（女朋友）灑狗血推薦 □聽到DJ在介紹＿＿＿＿

□其他各種可能，是編輯沒想到的＿＿＿＿＿＿

你或許常常愛上新的咖啡廣告、新的偶像明星、新的衣服、新的香水……
但是，你怎麼愛上一本新書的？

□我覺得還滿便宜的啦！ □我被內容感動 □我對本書作者的作品有蒐集癖
□我最喜歡有贈品的書 □老實講「貴出版社」的整體包裝還滿 High 的 □以上皆非
□可能還有其他說法，請告訴我們你的說法

＿＿＿＿＿＿＿＿＿＿＿＿

你一定有不同凡響的閱讀嗜好，請告訴我們：

□ 哲學 □ 心理學 □ 宗教 □ 自然生態 □ 流行趨勢 □ 醫療保健
□ 財經企管 □ 史地 □ 傳記 □ 文學 □ 散文 □ 原住民
□ 小說 □ 親子叢書 □ 休閒旅遊 □ 其他＿＿＿＿＿＿

一切的對談，都希望能夠彼此了解，否則溝通便無意義。
當然，如果你不把意見寄回來，我們也沒「轍」！
但是，都已經這樣掏心掏肺了，你還在猶豫什麼呢？
請說出對本書的其他意見：

大田出版有限公司編輯部 感謝您！